U0017398

許願地球儀
DET MAGISKA HJÄRTAT
克莉絲汀娜．奧森／著 Kristina Ohlsson
張玉亮／譯

1

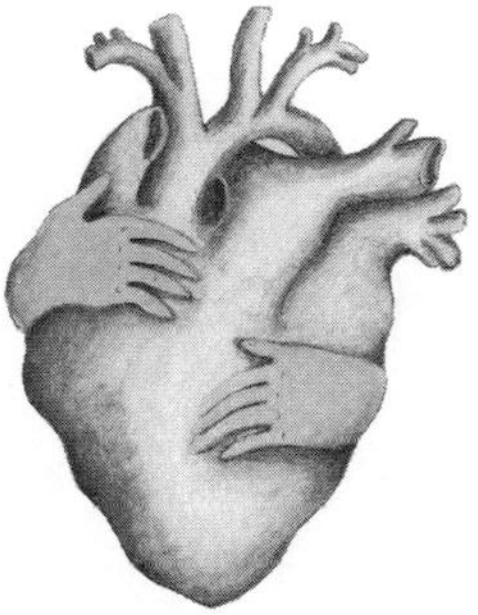

神奇的地球儀是霍拉蒂奧爺爺發現的。我們當時正在參加拍賣會，打算給爺爺的避暑別墅弄點裝飾品。那是在復活節前夕，一切可怕的事情尚未發生。

「妳該買下這個，蘿蓓塔。」他說。我有點猶豫——我不需要地球儀啊。

「妳會需要的。」霍拉蒂奧爺爺肯定地說。

「為什麼啊？」

「這個地球儀很特別，它是個神奇的地球儀。」

我小心地摸了摸它粗糙的表面。

「買下來。」他又說。

「對，別猶豫了！」跟我們一起來的朋友夏洛特也勸我說。

說來容易做起來難啊！這裡到處都是人，前面幾張大長桌上擺了很多東西，有小雕像、畫作、瓷器、玻璃製品等，甚至還有鳥類標本。

我遲疑地環顧了下四周，「可是我沒錢啊。」我說。

「我知道，」爺爺說，「錢我出，妳自己去買，出價就好。」

我突然緊張到肚子痛。我還沒從拍賣會買過東西呢，為什麼爺爺不幫我買呢？畢竟是他帶我和夏洛特來奧胡斯[1]參加拍賣會的。

夏洛特那天原本哪兒都不想去，她很累，打算在家休息。夏洛特一直這樣，不是覺得累就是不舒服，只是程度不同罷了。她從小身體就比較弱，心臟有些問題，時好時壞，從來不能像我和其他朋友一樣蹦蹦跳跳的。

「夏洛特能跟妳去，我很開心，」我跟夏洛特媽媽說起拍賣會的時候，她媽媽說，「但如果她覺得累，妳得保證直接帶她回家喔！」

我點頭同意。當然啦，要是她覺得累，我們肯定要回家。我們住在克利斯蒂安城，距離奧胡斯二十公里，用不了多長時間。

「妳就沒別的朋友一起去嗎？」離開前，媽媽問。

「沒有啊。」

媽媽沒辦法理解，和夏洛特在一起玩是最開心的，夏洛特也是我最好的閨密——我們自小就是鄰居，她是我認識的最開朗的人，身體不適的時候也不沮喪。

爺爺曾說過，愛笑的人才是最貼心的夥伴，他也一直這樣選擇朋友。我媽媽不大愛笑，因此她理解不了我為什麼喜歡夏洛特。

1 奧胡斯：北歐丹麥僅次於首都哥本哈根的第二大城市。

爺爺鼓勵我買下這個地球儀的時候，夏洛特激動極了，「買啊！」她又喊了一遍，「買下來！」

爺爺給了我一張一百克朗的鈔票，然後用手肘推了我一下，讓我去拍賣桌前面找那個站在小凳子上的人，他負責這次拍賣會。

「這個漂亮的地球儀有人出價嗎？」他喊道。

沒人回應。

「快說啊！」爺爺催促道。

「我不知道說什麼好。」我為難地說。

「告訴他，妳出五十克朗買那個地球儀！」

夏洛特著急地點點頭，好像她參加拍賣會出價比我更有經驗似的……

「我出五十克朗。」我說道。

「是妳嗎？可以再說一遍嗎？」拍賣商說道。

我往前走了一步，大聲重複了一遍，「我出五十克朗，買這個地球儀！」

拍賣商四處張望著，拍賣桌前面的草地上聚集了好多人。

「有人競價嗎？」

我心跳不已，又看了看地球儀。它跟我之前見過的地球儀都不一樣，看上去更大些，有著木質的底座，海洋和陸地用棕色標記，但色調不同，看上去就像是一幅美麗的圓形油畫。我喜歡漂亮的畫，喜歡塗塗畫畫。我哥哥希歐多爾經常嘲弄我，說我幼稚。我才不在乎呢，他要是不知道有些大人就是以繪畫為生的話，那就是他自己的問題了。長大後，我要當一名畫家。希歐多爾能做什麼，我就猜不到。

「六十克朗！」有人喊道。

我驚訝地回頭，一個戴著棒球帽、穿著黃色上衣的男孩就在眼前。他只有一隻手臂，我忍不住盯著他看了又看。

霍拉蒂奧爺爺輕輕推了推我，「快說話啊！」

「妳得再加價！」夏洛特喊道。

「我出七十克朗！」我大聲喊道。

拍賣商可高興壞了，「太棒了！還有人加價嗎？這可是來自非洲的地球儀啊！」

「八十克朗！」獨臂男孩喊道。

我艱難地嚥了口唾沫。我要是不讓他得到地球儀的話，是不是有點不太厚道呢？不過我沒必要這麼想。夏洛特就常常說，她十分討厭因為別人的同情而獲得什麼東西。

「一百克朗！」我聽見自己大喊了一聲。

就這麼多了，要是獨臂男孩比我錢多的話，地球儀就歸他了。我焦慮不安地瞟了他一眼。實在不行，也許我可以自己畫一張類似的地圖？但不得不承認，我可能沒那麼高超的技藝。

「還有人出價嗎？」拍賣商吆喝道。

一片沉默。

「沒人出價啦？既然如此——一百克朗第一次，一百克朗第二次……」

我屏住呼吸，緊緊地閉著眼睛。我對地球儀勢在必得，非常想把它帶回家——一方面當然是由於地球儀非常美觀，但主要還是因為霍拉蒂奧爺爺說這個地球儀很特別。

「成交！地球儀賣給這位編著漂亮辮子的女孩啦！」

「屬於妳了！」霍拉蒂奧爺爺輕輕扯著我的一個小辮子說。

我喜出望外，興高采烈地湊上前去付錢。

「哇哦，地球儀真的是我的了！」我開心道。

霍拉蒂奧爺爺點了點頭，眉開眼笑，看起來非常開心，「妳做得很棒。我們一起把地球儀放到車裡吧，然後再去吃個霜淇淋。」

計畫完美，可惜並未實現。

我們轉頭走回車上時，我發現了兩件事情——首先，身著黃色上衣的獨臂男孩不見了，憑空消失了；其次，夏洛特看起來疲倦不堪，她的嘴脣一片青紫。

2

有時候，沒有緣由，但你就是知道不好的事情即將發生了，你會感覺全身都不對勁。在我們從奧胡斯的拍賣會往家裡趕的時候，我幾乎可以肯定，恐怕要發生什麼不幸的事情了，但我尚不確定何時發生。

夏洛特的情況急轉直下，越來越糟，一天中所有的歡愉瞬間都煙消雲散。我們打電話給她的父母，請他們在克利斯蒂安城醫院的急診室外跟我們會合。霍拉蒂奧爺爺駕車一路飛馳，汽車如同飛毯一般風馳電掣。我覺得霍拉蒂奧爺爺特別擔心，畢竟是他帶著我們到奧胡斯去的，而且，他不像我一樣，會經常見到夏洛特病得奄奄一息的樣子。

他可能壓根就沒注意到我也十分擔心，但是原因截然不同，我擔心的原因很隱密，只有夏洛特知道。

「妳得加油啊，快點好起來，」我在夏洛特耳邊輕聲鼓勵道，「這樣我們才有時間去……」

最後幾個詞我壓低了聲音，只有夏洛特聽到了。她虛弱地點了點頭。對於自己為何必須得快點恢復，她心知肚明。

我們到達後，夏洛特的爸爸把女兒從後座抱了起來。

「我能跟你們一塊兒進去嗎？」我怯怯地問道。以前他們允許我進去過幾次。

夏洛特的媽媽輕輕摸了摸我的臉頰，「今天沒辦法，」她說，「我們大多數時間就是在那兒靜靜地等待，妳知道那種情況的。」

我當然知道是怎麼樣的情況。我爸爸總說，他從來沒見過其他人像我這樣，身體健康卻在醫院裡度過那麼多時間的，但我常常為了夏洛特待在醫院。可能某種程度上也是為了我自己，我想時時關注她的情況。

「我們一有消息就打電話給妳。」夏洛特的爸爸抱著她走進醫院的時候說。

夏洛特面色蒼白、神情憂鬱，看起來疲憊不堪。

她媽媽對我笑了笑，但我知道她非常不安，我也一樣忐忑。

我越想心裡越難過。就在門關上之前，我大聲喊道：「對不起！」

夏洛特的媽媽聞聲又跑了出來。

「我很抱歉帶著夏洛特去了奧胡斯！我們不知道她會病倒！」

我悲痛難忍，放聲大哭起來。霍拉蒂奧爺爺攬住我，緊緊地擁抱了我一下。夏洛特的媽媽蹲在我面前，拉起我的小手。

「蘿蓓塔，小寶貝，」她柔聲道，「這種情況時常發生。夏洛特病倒可不是因為妳們一起出去了一天，哪怕是待在家裡，這種情況也很容易出現。我很高興有妳陪著她，妳可是我們家裡很重要的一分子呢。」

她對我淺淺一笑，然後轉身離去了。她的話給了我無限溫暖，讓我的精神隨之一振。我是他們家裡的一分子。我自己的家庭常常是無趣又忙碌的，夏洛特家裡除了她之外沒有其他孩子。

「好了，我們回家吧，」霍拉蒂奧爺爺沉聲道，「也許妳爸媽願意請我喝杯咖啡。」霍拉蒂奧並不是我的親爺爺。他也不是任何人的親爺爺，但他曾是我奶奶的伴侶，那是他當水手四十多年後的事情。

「有一天，我上岸看到她，」他時常這樣回憶，「她是整個瑞典王國最漂亮的女人。」

那是我出生前幾個月的事情。媽媽常常說，奶奶跟霍拉蒂奧爺爺在一起的那幾年是最開心的。後來奶奶不幸去世了。她駕車外出時突然發病暈倒，撞在了樹上，當時車裡只有她自己。

那已經是三年前的事情了，也是我生命中最糟糕的一段日子。媽媽痛哭不已，悲慟欲絕。家中好似沒有我的容身之地一般，我也在夏洛特的家裡放聲大哭了一陣兒。但是誰都沒有霍拉蒂奧爺爺傷心，他萬念俱灰，好多天都一言不發，直到我過生日才有所改觀。他來參加我的生日聚會，放聲高歌，差點把屋頂掀翻！

我抱著裝有地球儀的盒子回到家裡。當然，能夠成功競拍買到地球儀，我還是挺高興的，但更多的還是擔心，擔心夏洛特，擔心我在車中的強烈感受——可能有什麼可怕的事情要發生了。夏洛特病情反反覆覆、屢次病倒，但這次不同以往。我有這樣的直覺。

霍拉蒂奧爺爺試圖分散我的注意力，讓我想點別的事情。

「妳會明白的，」他說道，「這個地球儀會對妳十分有用的。」

「怎麼有用的？」我暗忖道，但是沒有說出來。

「妳拿的那是什麼鬼東西？」當我把盒子放在餐桌上時，希歐多爾問道。

「神奇地球儀。」我回答。

當然，這回答聽起來可能會有些愚昧可笑，希歐多爾立馬開始調侃我，「哇哦，神奇地球儀？妳多大了，蘿蓓塔？」他對著我喊道。

我十一歲了，秋天的時候就滿十二歲了。希歐多爾十五歲了，我非常希望他趕緊離開家。

這時，媽媽來到廚房。她還穿著外套，因為她去工作了，即使今天是星期六也不例外。爸爸媽媽一直都忙著工作，我朋友的父母們可沒像他們這麼工作繁忙。爸爸媽媽是建築師，專門設計房屋和其他建築，沒有什麼事比他們的工作更加重要。正因為這一點，我很多時候都跟夏洛特和霍拉蒂奧爺爺待在一起，成為一些人生活中最重要的部分，那種感覺太美妙了。

「天啊！」媽媽低頭看著盒子說道，「這是您的嗎，霍拉蒂奧？」

「不是我的，這是蘿蓓塔的，她自己競拍得來的。」

但媽媽和希歐多爾都明白，這是霍拉蒂奧爺爺付的錢。

「爺爺給妳錢花，結果妳就買了這樣一個醜陋的東西？」希歐多爾道，「妳真是……」

「希歐多爾，你夠了！」媽媽警告他。她輕輕皺了皺眉，「這東西不太貴吧？如果很貴的話，我要把錢還給你的。」

霍拉蒂奧爺爺輕輕搖了搖頭，「當然不貴。」他說。

「競拍激烈嗎？」媽媽笑咪咪地看著霍拉蒂奧爺爺問道。

「有個穿黃色上衣的小男孩想跟蘿蓓塔競拍，」霍拉蒂奧爺爺笑著回答媽媽，「但是夏洛特和我盡力鼓勵蘿蓓塔，最終她勝出了。」

他的表情變得嚴肅，「我們急急忙忙地把夏洛特送到了醫院。」他解釋道。

媽媽搖了搖頭，「可憐的夏洛特，她父母也是操碎了心。」媽媽感慨道，「我真不知道這種情況他們還能堅持多久。」

我抱起盒子，「我要回房間去了。」我說。

「妳不喝點什麼嗎？」媽媽問道。

「待會兒再說吧。」

「我們可是一整天沒見了呢。」

媽媽似乎有點失望，但我毫不在意。這可不是我的錯，誰讓她整天不在家的。

不過，我也想自己待會兒。看到媽媽和霍拉蒂奧爺爺談起夏洛特時那麼嚴肅的樣子，我幾乎承受不住。我也在想，病得這麼重，夏洛特能堅持多久呢？人有時候不是說放棄就放棄了嗎？就像你平時跑步的時候，要是太過艱難，不就放棄了嗎？夏洛特曾經說過，她習慣了跟別人不一樣，習慣了一直病懨懨的，或者是臥床不起。我想起那個穿著黃色上衣的獨臂男孩，他似乎完全沒有不豫之色。夏洛特可能是對的，你習慣了某種情況，就好像會忘了那種不適，依然十分開朗。

我拿起地球儀，意外地發現盒子裡還有很多東西：五個附蓋的玻璃罐，還有插在燭臺上的蠟燭。這個燭臺十分怪異，奇重無比，看起來就像是一個固定在底座上的球體，上面布滿了花紋。球體中空且頂部開孔，蠟燭就放在裡面。球體的另一側也有個小洞。

我迷惑不解，這些材料是做什麼用的？

我輕輕轉了轉地球儀。夏洛特和我曾制訂過一份清單，列出了我們老了以後想去遊覽的國家——

法國（夏洛特的阿姨在那裡）
美國（我有個表哥在那裡）
中國（似乎很酷的地方）
澳洲（在那裡能看到袋鼠）

夏洛特得趕快好起來，她一定得好起來，因為我們有個龐大的計畫，屬於她和我的計畫。我們從來沒告訴過其他人打算幹什麼。正因如此，在車上時，我輕聲說話，就是不想讓霍拉蒂奧爺爺聽到。這會是個巨大的驚喜。當然，要我們獲勝才行。

克利斯蒂安城的博物館宣布將會舉辦大型藝術比賽，城中的所有孩子都有資格參加。夏洛特和我都喜歡寫寫畫畫，夏洛特通常描繪她想像的卡通人物，而我的繪畫涵蓋萬事萬物。我曾畫下了爸爸媽媽吵架的樣子，那張圖我只拿給夏洛特看了。

你想畫什麼參賽都可以，唯一的規則就是要跟克利斯蒂安城有關。這簡直易如反掌。我打算在一角畫上水塔。兩位獲勝者將會前往斯德哥爾摩，把圖畫展示給國王和王后欣賞——正值克利斯蒂安城四百歲之際，顯然國王和王后也想參與慶祝活動。

「妳覺得可以畫卡通嗎？」我把大賽的事告訴夏洛特時，她問道。

我也不知道，我們就打電話給博物館問了問。他們說可以——畫在單張畫紙上的任何東西都可以。夏洛特可以畫任何她喜歡的人物，只要跟克利斯蒂安城有所關聯就行。

我又轉了轉地球儀。霍拉蒂奧爺爺還沒告訴我地球儀的神奇之處。一個個國家咻咻地從眼前轉過，越來越快，那種可怕事情即將發生的感覺也越來越強烈。

3

復活節快要來了，夏洛特還在住院。她病情嚴重，無法回家。我每天都去看她，有時候她爸媽開車帶我去，通常我都自己騎車去。

夏洛特感染風寒，高燒不退，她媽媽說這對心臟不好的人來說十分不利。

「當然，醫生給她用藥了，」她說，「她很快就會康復如初的。」

但並沒有。夏洛特還是面色灰白，嘴脣發青。她媽媽說是因為夏洛特供氧不足導致的。我很害怕。我對氧氣唯一的了解就是，要是氧氣不足的話人就會死了。

「沒什麼好擔心的，」她媽媽說，「夏洛特有在額外吸氧。」

我想知道她需要額外吸氧多長時間。其實額外吸氧就是在她鼻子下面放一根管子，她之前也吸氧，但只是幾天而已。這次都一週多了，準確來說將近兩週了，可是管子仍然放在那兒。

耶穌受難節那天，我整個下午都陪著夏洛特。她不停地打瞌睡，我就在旁邊畫畫。我希望自己的作品絕對完美，因為不夠完美的話，我們就沒法取勝，就去不了斯德哥爾摩了。夏洛特睡著時，我偷偷看了看她。她看起來有點不安，睡夢裡也會時不時皺一下眉頭。我想讓她醒過來，開始畫畫，這樣才能及時參賽。我不願意拋下夏洛特單獨去見國王和王后。所以，我們要麼雙雙獲勝，要麼就雙雙落敗，就是如此簡單。

夏洛特醒來了，我們吃吃喝喝了一番。媽媽給了我錢，讓我在去醫院的路上買點小圓麵包和汽水。夏洛特的父母絕不會買圓麵包的，他們常常自己做麵包。在我的記憶裡，他們似乎總是待在一起，日常生活充滿樂趣，跟我的父母截然不同。我爸媽唯一看起來發自內心歡樂的日子就是夏季拋開工作度長假的時候。我常常想，他們為什麼不多去度假呢？

「妳想出什麼新穎的卡通人物了嗎？」我問道。

「還沒有。」夏洛特津津有味地吃著小圓麵包，回答道。

我決定還是討論點別的事情。

「氧氣管難道不癢嗎？」我怯怯地問道。

「一點不癢，就是太醜了。」

「醜？」我驚訝地問道，「不，一點都不醜！」

夏洛特驚訝地盯著我，就像我在說瘋話似的。

「氧氣管看起來像條長長的蟲子，妳試過把一條蟲子黏在鼻子下面嗎？」

我們兩個頓時放聲大笑起來。就在這時，夏洛特的父母打開門，跟醫生一塊兒走了進來。我見過這位醫生，他叫山姆，醫術相當不錯。他通常都笑容滿面，今天卻一反常態，夏洛特的父母也是如此。我們立即停止了笑聲。

我趕緊站起來，俐落地把我的畫收了起來。夏洛特和我都不想談及大賽的事情，因為此時此刻人人都覺得夏洛特哪裡都不能去。夏洛特從一開始就這麼說。

「如果獲勝的話，我們可能得偷偷逃走才行，」她說，「他們肯定不會讓我去斯德哥爾摩的。」

就這麼決定了。要是我們獲勝，夏洛特的爸媽不讓她走的話，我們就偷偷逃走。

山姆跟我們兩個人打了聲招呼，然後把一隻手放在我肩上說：「那麼——我們改天再邀請蘿蓓塔來好嗎？」

不要改天，我想待在這裡！

「我願意讓她待在這兒。」夏洛特的爸爸說道。

我如釋重負地坐下。

夏洛特擦了擦嘴角的麵包屑，她媽媽坐在了床沿上。

「寶貝，治療不像我們希望的那麼順利。」她柔聲說道。

房間瞬間給人天旋地轉之感。

她知道治療進展不順利，怎麼還能這麼輕描淡寫地說出來呢？

「哪些進展不順利啊？」夏洛特低聲問道。

「很多方面都不順利。」夏洛特爸爸說。

他的聲音有些古怪，似乎快要裂成一塊塊碎片。

夏洛特慢慢地縮到了被子裡。醫生為她的心臟做了很多次手術，嗯……至少六次。但不是在克利斯蒂安城，而是在隆德。顯然，克利斯蒂安城的醫院不是很好，無法做兒科心臟手術。隆德距離這裡將近五十公里，騎車去那裡幾乎不可能了。我真不願意夏洛特去隆德。

山姆坐到夏洛特床邊的椅子上。夏洛特的爸爸則斜靠在牆上，茫然地盯著窗外。

「妳的心臟一直比較虛弱，已經有很長一段時間了，」山姆耐心解釋道，「這就意味著，妳的心臟越來越衰竭，不能這麼繼續下去了。」

他把頭傾向一側。

「我知道妳有時候感覺非常好，這當然不錯。但是最近這次發作來勢洶洶，妳的心臟似乎並未恢復完好。心臟比平常情況更加疲憊，一點都沒好轉。」

屋子裡鴉雀無聲。我嘗試著回憶夏洛特真正生病的時候，她病得很重，沒法上學，沒有力氣跟朋友玩，也沒法讀讀畫畫。她時好時壞，或者說她的身體其實越來越糟糕，只是我沒意識到而已？我心如刀割，肚子頓時一陣刺痛。夏洛特的情況到底有多糟糕呢？

夏洛特心裡有著同樣的疑問，「那我們要怎麼做？」她問。

夏洛特的媽媽握住她的小手。我常常暗自想像，我要是病了，我的爸媽會怎麼做呢？他們一直都忙忙碌碌的。霍拉蒂奧爺爺一定有時間陪我，我只能知道這個。

「妳可以回家待幾天，在家裡休養就好，」山姆說，「當然得帶著氧氣瓶和妳需要的其他東西，我們會祈禱妳不用再回來這裡了。」

他深吸了一口氣。我閉上了眼睛。這一刻終究還是來了，我時刻憂慮的可怕的事終於發生了。

「我們不能再這麼下去了，夏洛特。」他說道，「我得跟妳在隆德的主治醫生談談，我們得給妳規畫一套最佳解決方案。」

「那我會恢復健康嗎？」夏洛特問道，「恢復得就像蘿蓓塔那樣？」

我猛地睜開了眼睛。山姆點了點頭，夏洛特的爸爸默默地抽泣起來。

「我們都希望如此，希望妳好起來，像蘿蓓塔一樣健康。」山姆說道，「但問題是，用妳自己這顆心臟的話，這不可能。」

他說的是什麼意思呢？夏洛特不用自己的這顆心臟還能用誰的呢？

夏洛特似乎對此也是迷惑不解。

「妳可能需要一顆新的心臟。」她媽媽說道。

夏洛特和我驚訝萬分，相互怔怔地望著。

「一顆新的心臟？」

夏洛特的父母點了點頭，她爸爸擦乾了眼淚。

「可能，」山姆說道，「這是最後的解決方案，也是最佳解決方案。」

最佳解決方案，最後一次手術。我喜歡聽到這樣的話，但是禁不住懷疑：你們到哪裡去找一顆新的心臟呢？

4

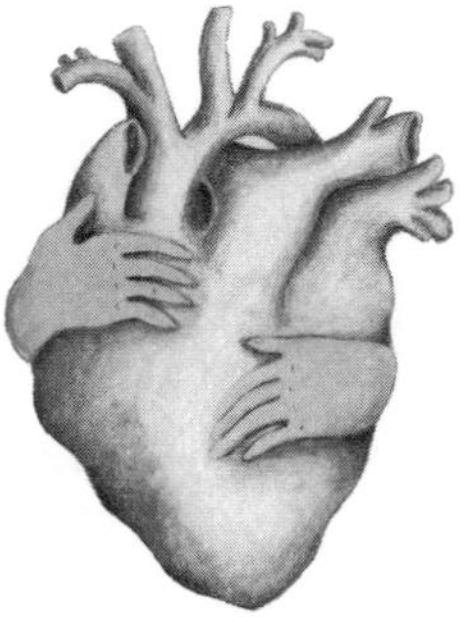

藝術大賽的所有參賽作品都需要在六月一日前準備好，八月份我們就會知道獲勝者是誰了。我在投稿截止日期整整一百天前得知這項比賽的消息，那時覺得有大把時間準備。但是，現在沒剩下幾天了。復活節已經過去了，已經五月了。

爸爸給我買了新的素描本和彩色鉛筆。我要求買畫筆和顏料，爸爸也讓我買了。他對大賽的事情仍舊一無所知，但注意到我比平時寫寫畫畫得更多了。

「蘿蓓塔想要什麼就有什麼，」希

歐多爾悶悶不樂地說，「只不過是因為夏洛特快死了。」

我氣壞了，差點沒揍他，但我內心也十分不安。這是他說過的最惡毒的話了。

「你該為自己感到羞愧，希歐多爾！」爸爸大聲喊道，「你再也不能、絕對不能再說這樣的話了，你聽見了嗎？」

我緊緊地攥著自己的畫板和畫筆。希歐多爾的眼中突然泛起了淚花。

「好的，對不起。」他說。接著，他又悄聲補充道：「不過這是事實。」

我氣得整個身體都在發抖。

「我們根本不知道，」爸爸說，「我們對此一無所知。」

但我注意到爸爸既不敢看我，也不敢看希歐多爾。

我如鯁在喉。我意識到，很長時間以來，醫生肯定都在忙著準備給夏洛特換心，但沒人告訴過夏洛特，所以我倆都大吃了一驚。她現在回家了，但仍在吸氧。她越來越少畫畫，也沒辦法上學了。我去看她的時候，我們大多數時候都在討論藝術大賽。她不想談及自己的心臟，我覺得她可能對此早就厭倦了。

希歐多爾的話在我耳邊響起——只不過是因為夏洛特快死了。他難道不知道自己錯得多麼離譜嗎？這樣的事情不會輕易發生。就像奶奶的死一樣，是小機率事件。但無論如何，事情就這麼發生了，所有事都變得異常糟糕。認為夏洛特時日不多的想法真是壞透了。簡直糟糕到極點了。夏洛特和我永遠都會是最好的朋友，我們早就決意如此，就像我的另一位奶奶跟她最好的朋友阿格尼絲一樣，她們相伴相知六十年。媽媽說她常常覺得奶奶喜歡阿格尼絲勝過爺爺，當然，我們去拜訪的時候從來沒敢提起過。

我覺得自己是整個宇宙中最孤單的人。即使在星期天，爸爸也把自己關在地下室的書房裡，媽媽還在工作，我真心不想跟希歐多爾一起出去閒逛，所以我決定去看看霍拉蒂奧爺爺。他和小狗羅蘭住在離我們不遠的一棟寬敞的老宅裡，那裡叫作羅森堡[2]，十分愜意舒適，就如同哥本哈根的宮殿一般。

霍拉蒂奧爺爺見到我十分高興，我們一起坐在寬敞的陽臺上，羅蘭則在草坪上追逐著昆蟲跑來跑去。

「如果我能見到國王和王后的話，我會跟他們說說你的大房子。」我說，「我會告訴他們，這房子的名字跟丹麥的宮殿同名。」

我飛快地捂住了嘴。大賽的事要保密的！天啊，他可千萬別問我為什麼想著要去見國王和王后！

很幸運，他並未追問。

「妳跟所有的孩子一樣，」他說道，「你們喜歡王室，其實他們根本什麼都不是，百無一用。」

2 羅森堡：位於丹麥首都哥本哈根市中心，當地最重要的地標性建築之一，曾是皇室家族的居住地。此處爺爺的老宅也取作同名。

他搖了搖頭。

「妳透過地球儀到過什麼地方嗎？」

我還沒時間考慮這事呢，最近發生了很多事情。

「地球儀還放在我桌上呢。箱子裡還有很多其他東西，我不知道那些是做什麼用的。」

「我知道。」霍拉蒂奧爺爺說道，「改天把那些東西都帶過來，我們一起看看吧。」

我傾過身子，「你說過，你會告訴我地球儀的神奇之處。」

「當然了。妳把地球儀帶過來我就告訴你。」

接著，他說想去蒂沃利公園餵鴨子。我都這麼大了，不適合去餵鴨子了，但還是跟著去了，我可以在他餵鴨子的時候坐在旁邊畫畫。

現在天氣暖和些了，只需要穿一件短袖上衣就不會覺得冷。我想起了夏洛特，她大部分時間都得待在屋裡。

我坐在草地上，素描本架在膝蓋上，太陽照得我頭暈目眩。夏洛特疲憊不堪、病情嚴重，但我一切安好。我得完成自己的繪畫作品，得盡快完成才行，那樣我就有時間幫助夏洛特完成她的，如果她願意的話。

「妳跟地球儀相處得怎麼樣？」

聲音從身後傳來，我嚇了一跳，回頭一看，拍賣會上的男孩就站在我身後，這次他穿著一件綠色上衣。

很奇怪，我一開始什麼都說不出來。

要是有人問你跟一個地球儀相處得怎麼樣，你會怎麼回答呢？

「還好，謝謝關心。」最終，我勉強吐出這麼一句話。

男孩走過來，坐在我旁邊。霍拉蒂奧爺爺已經無影無蹤了。

「我叫艾里克。」他說。

「我叫蘿蓓塔。」

他低頭看了看我的素描本，問：「妳在畫什麼啊？」

我把素描本翻了過去，「這是個祕密。」

他聳了聳肩。

「你的手臂怎麼了？」我問道。

這些話脫口而出，我一下子臉紅了，雙頰像著了火一般。

但艾里克絲毫沒有生氣，還笑咪咪的。

「這是個祕密。」他說。

交到新朋友的時候，總是想知道很多事情。顯然，失去手臂的事情是個祕密，但艾里克告訴了我很多其他事情。他住在城中的其他街區，跟我也不同校。我們年齡一般大。他有媽媽，但是沒有爸爸，至少爸爸沒有天天在他身邊。

「他在斯德哥爾摩生活，」他解釋道，「我們彼此不太常見面。」

「你想念他嗎？」

「不想。」

我好一會兒沒有說話，我不確定該不該問。但最終還是沒忍住，我必須知道：「為什麼不想呢？」

「想念一個對你不管不顧的人，恐怕很難。」艾里克說。

他擦了擦鼻子下面，向遠處看去。我再也沒問關於他家庭的問題。

霍拉蒂奧爺爺又出現了，他立刻認出了艾里克。

「你在這樣的日子出現，太神奇了。」他說。

這樣的日子。糟糕的一天現在似乎有所好轉了。爸爸媽媽一直說，我不能跟夏洛特一起待那麼久，我應該去見見其他朋友。但是為什麼呢？夏洛特是我最喜歡的朋友啊！雖然艾里克看起來也很友善。他不喜歡塗塗畫畫，但他會用自己的一隻手打鼓。

「我有兩隻腳，你知道的。」他說。

我們在公園中多待了一會兒，一直待到霍拉蒂奧爺爺決定回家的時候。我們問艾里克是否願意跟我們一起走走，他答應——最主要的是，他想知道我住在哪裡，方便再次見面。

我們打算去霍拉蒂奧爺爺那，途中經過我家。

「就是那裡，」我說，「我就住在那裡。」

艾里克記在了心裡，「房子很漂亮！」

很多人都這麼說。房子寬敞潔白，寬大的大理石臺階一直通到前門。

「房子是我爸媽自己設計的。」我說。

艾里克更加吃驚了，「妳也會成為一名建築師嗎？」他問道，「畢竟妳畫了那麼多畫。」

我對此十分反感，我完全不想成為建築師。

「我畫的是其他東西，」我說，「一些美好的事物。」

艾里克打量了一下相鄰的房子，「妳的朋友住在哪裡呢，拍賣會上跟妳一起的那位朋友？」

「就在那裡。」我指著旁邊的一棟房子說，「她現在不太舒服。」

霍拉蒂奧爺爺摸了摸我的手臂，什麼都沒說，他知道我心煩意亂。

「她怎麼了？」我們一邊走，艾里克一邊問道。

「她的心臟有點問題。」

艾里克若有所思地點了點頭。

「我之前在報紙上看到過這樣的人，」他說道，「他的心臟有點問題，但換了一顆新的心臟，就一切都好了。」

我驚訝地看著他，「真的嗎？」

「真的。」

「他好了嗎？」

「比好還要更好。」

「他從哪裡找的新心臟呢？」

「我怎麼知道呢？」

我嚥了幾次口水。想像一下，要是夏洛特有一天能恢復健康的話，我們就能去美國和中國，還有我們清單上的其他地方了。

我偷偷瞟了艾里克一眼，他的手插在褲子口袋裡。

「你確定那人沒有去世嗎？」我輕聲問道，「就是那個換了新心臟的人？」

「我很確定。」

霍拉蒂奧爺爺嘆了口氣，「你們忘了些重要的事情。」

「忘記什麼了？」艾里克和我異口同聲道。我們咯咯傻笑起來，我感覺自己好像一輩子沒這麼笑過了。

霍拉蒂奧爺爺微笑著，「你們忘記了人人都會去世。人人如此。沒有人能長生不老，也沒有人願意長生不老。」

我趕緊問道：「你不會死的，對嗎？」

「我當然會死！」霍拉蒂奧爺爺飛快地補充道，「但現在不會！」

「我當然不希望死，但那可不是我能決定的。」

我緊緊地抓著自己的素描本，用盡了全身力氣。

「我們知道人人都會死，」我說道，「終將告別。」

「當他們老去的時候。」艾里克說。

「非常非常老的時候。」我說。

霍拉蒂奧爺爺邀請我們進去喝點東西，吃點好吃的。我們在屋裡坐下，因此沒能看到路上疾馳而過的救護車。

5

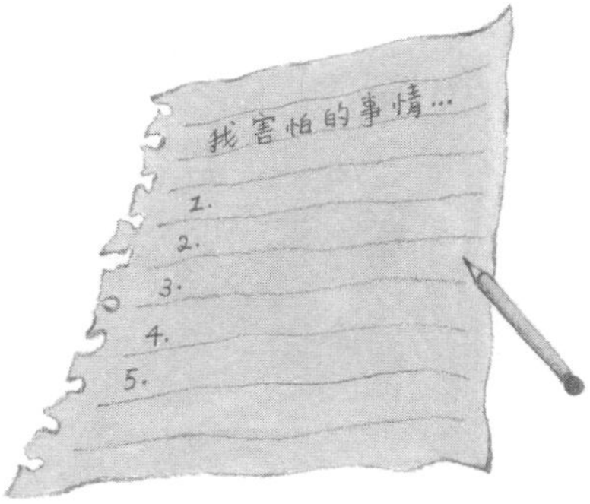

我們聚在一起喝東西的時候，夏洛特病情惡化，嚴重到不得不搭乘救護車趕往醫院。我回家後才發現這件事，第二天是星期一，我得上學。

我們的老師瑪蒂爾達決定，讓我們每個人都寫封信給夏洛特。

「也許蘿蓓塔去醫院看望夏洛特的時候，可以順便把信帶去醫院？」瑪蒂爾達看著我說道。

我點頭同意了，我當然願意把信帶去了。

但是，我什麼都不想寫。我畫了一幅畫代替：遼闊的草地上，星星點點地開滿了花。夏天很快就要來了，夏洛特會再好起來的。

瑪蒂爾達老師將所有信收在一起，放在了信封裡，然後說：「現在，我要給你們安排些家庭作業，一些不同以往的家庭作業。」

大家都全神貫注地聽著。一些不同以往的家庭作業，不像平時那樣無趣，那又是怎樣的呢？

「我希望你們寫出在廣闊的世界中最害怕的五件事情。」瑪蒂爾達說。

班上其他人開始竊竊私語，除了我。我旁邊就是夏洛特的座位，現在空著，我沒人可以交談。

「您指的是哪種事呢？」瑪琳問道，「像戰爭這樣的事情嗎？」

「任何事情都可以，」瑪蒂爾達老師說，「戰爭、疾病——你們自己才知道什麼讓你們害怕。」

我低頭看了看桌子，想起了我的奶奶。她腦袋上出血了，出血很嚴重，所以她才會暈倒。正因如此，她才直接撞到了樹上。這似乎很……愚蠢，但首先這非常、非常可怕。

回家的時候，瑪蒂爾達老師把寫給夏洛特的信交給了我。

「請把我們的愛轉達給她。」她拍著我的手臂說。

「好的。」

我不喜歡別人拍打我，感覺我像隻小狗似的。

我背上帆布書包，踩著自行車回了家。剛到家，我就接到夏洛特的媽媽從醫院打來的電話。她說夏洛特太累了，今天下午沒辦法見我了。我想起了那些信，夏洛特明天再看信也可以。

希歐多爾正坐在桌邊吃三明治，他什麼話都沒有說，我也沉默不語，我們倆彼此都不習慣說很多話。

我給自己做了個三明治，跟希歐多爾相對而坐。我拿出素描本和筆，寫道：

我最害怕什麼

我清楚地知道自己最怕什麼。我用工整的大字寫下：

死亡

我討厭死亡，很討厭、很討厭、很討厭。首先，死亡永不會停止，從來不會。我還要寫點什麼呢？我對很多東西都不害怕。不害怕蜘蛛（像我的朋友奧斯卡那樣）或戰爭（像霍拉蒂奧爺爺那樣）。接著，我又想起了什麼——

奶奶做的梅乾漢堡。

我確實不太喜歡奶奶做的梅乾漢堡，漢堡用碎牛肉和梅乾製成，味道像貓食一樣。即使這樣，也還不足以讓我害怕。

「妳在幹什麼呢？」希歐多爾一邊抓著素描本，一邊問道。他看到了我在寫東西，卻仍這麼問。

「放手！」我喝斥道。

希歐多爾看到我寫的東西後，突然放聲大笑起來，「我認真問妳──這是什麼？」

我抓過素描本，「家庭作業。」

「家庭作業？妳沒在開玩笑吧？」

我搖了搖頭，合上我的素描本，認真思考著。

希歐多爾吃完了自己的三明治，「那妳為什麼害怕奶奶的漢堡呢？」

我沒搭理他。

「是因為那次妳卡住喉嚨的事情嗎？」

我點了點頭。

希歐多爾嘆了口氣，「我真不知道妳為什麼還記著這件事，最後不是都平安無事了嗎？」

是平安無事，但當時確實太恐怖了。我們在爺爺奶奶家吃晚餐，當我吞下一塊那樣令人作嘔的漢堡時，竟然卡在了喉嚨裡。我無法呼吸，差點沒死過去。爸爸迅速地把我從椅子上抱起來，使勁地按我的肚子，那塊漢堡才從我的嘴裡出來。此後我們去看望奶奶時，菜單上就再也沒有了梅乾漢堡這種食物。

「那麼，你害怕什麼呢？」我悶悶不樂地問道。

我以為希歐多爾會像往常我問他問題那樣站起來走開，或者說點什麼刻薄話。但這次並非如此。他停下來想了想，想了很長時間。

「我也不太清楚，」他說，「可能是撞壞我的電動自行車吧。我害怕孤單，害怕沒有朋友，那可就真讓人有點沮喪了。」

我眨了眨眼睛。我也不喜歡沒有朋友。當然不喜歡。我為何沒想到這一點呢？

我飛快地寫下：

孤單

希歐多爾跑到自己房間去了，但又返了回來。

「我也非常害怕變聾或失明。」他說。

說完他又消失了，我自己在那裡吃著三明治做作業。如果我失明的話，就看不到自己在畫什麼了，這簡直太糟糕了，想起來就讓人無法忍受。我得把這條加到清單裡面去——

我現在至少知道四件害怕的事情了。我在想夏洛特會害怕什麼，還有艾里克，我在想他的手臂究竟是怎麼回事。也許他一出生就沒有手臂，或者是在事故中失去了手臂。

每當想起這些，我就渾身發抖。

如果我失去一隻手臂或一條腿的話，我會嚇死的，那種心情難以言表。要把這個加到清單裡嗎？我不是很確定，失明可能會更糟糕。還有，相比失去一條腿的話，我寧願變聾。或者……

我放棄了，很難決定哪種情況最糟糕。我回到自己的房間。地球儀放在桌上，我放下素描本，走向地球儀。最近發生了太多事情，我確實沒時間想地球儀的事情。霍拉蒂奧爺爺為什麼說它是神奇的呢？他還說我需要這個地球儀——用它做什麼呢？

我的好奇心占了上風，我得打電話問問霍拉蒂奧爺爺。他很快接起了電話。

「你答應了要告訴我的。」我說。

「告訴妳什麼？」

「地球儀的神奇之處。」我細聲細氣地說。

霍拉蒂奧爺爺沉默了一會兒，然後說：「明天帶著地球儀跟盒子裡的東西到羅森堡來吧，我會把知道的都告訴妳的！」

掛斷電話之後，我的心怦怦亂跳，我終於要解開地球儀的神奇之謎了。

6

第二天放學後，我直奔羅森堡。夏洛特病情仍舊很重，我仍不能去看她。去霍拉蒂奧爺爺那讓我感覺很不錯，至少我有事情可做。

「千萬記住，他可能不希望妳整天在羅森堡跑來跑去的。」我媽媽有時候會這樣說。

這話讓我有點迷惑不解：我不可能「整天」待在羅森堡，我也知道霍拉蒂奧爺爺沒有嫌我煩，他跟我說過。

我們坐在他的走廊上，聽著雨滴在屋頂上叮咚作響。漂亮的地球儀沒有被弄濕，它一直被放在盒子裡，蓋著蓋子。我卻濕透了，得借條毛巾擦擦雨水。羅蘭不得不待在家裡，並沒有走來走去擋著路。

「好了，我來看看。」霍拉蒂奧爺爺一邊把地球儀放在桌子上一邊說道。

我用毛巾輕輕擦拭著額頭。

「看什麼？」我問。

霍拉蒂奧爺爺把盒子裡的其他東西也拿了出來。

「我之前看過跟這個類似的地球儀，」他打開了話匣子，「那時我還是個水手，我所在的船停靠在安哥拉。」

「安哥拉？」

「非洲南部的一個國家。」他解釋道，「就在這裡。」

他指著地球儀上的一個地方說著。想到他經常旅行，還去過那麼遠的地方，我心裡就忍不住地羨慕。也許我也可以成為一名水手，去看看整個世界。

「我們是午夜到達的。」霍拉蒂奧爺爺接著說，「我記得我們要靠岸卸載貨物，我得去岸上的辦公室填一些表格。我就在出去的時候看到了她。」

「看到了誰？」

「一位年老的女士。她拿著一個跟這個一模一樣的地球儀，那些玻璃罐也跟這些如出一轍，還有和這個類似的燭臺。」

他朝著桌上東西的方向點了點頭。

「她說過這些是做什麼用的嗎？」我好奇地問道。

他緩慢地點了點頭：「是的，她說了。我就是這樣知道神奇地球儀的。」

他直視著我的眼睛：「親愛的蘿蓓塔，這可不是個普通地球儀。這是個許願地球儀。」

許願地球儀。這聽起來太美妙了，讓人不敢相信。我的意思是，我已經過了相信童話故事的年紀了，但同時我的胃裡又是一陣翻騰。

許願地球儀。

那麼，我可以許個願，請求地球儀實現嗎？

「當然可以。」我問話的時候，霍拉蒂奧爺爺說道。

我再也坐不住了。我只想許一個願——讓夏洛特好起來，不要死去。

「告訴我要怎麼做！」我急切地問道。

霍拉蒂奧爺爺將那個奇怪的燭臺放在地球儀旁邊，點燃了球形內部的蠟燭。

「就是這麼用的。」他鄭重其事地說道，「這個地球儀非常古老，每個買到或得到它的人能許一個願——只能許一個願，然後它就又變成了一個普通的地球儀。正因為如此，我們現在不能用，等到妳哪天想要許願的時候，我很願意說明哪些是必做事項。」

我激動得說不出話。

「什麼願望都可以許嗎？」我問道。

「恐怕不是，妳不能許跟死亡相關的願望。」

「什麼？」

「妳聽到我說的了。」霍拉蒂奧爺爺嚴肅地說道，「只要跟死亡無關，一切願望都可以許。必須跟死亡沒有任何關係。」

我心跳不已。不能許跟死亡相關的願望，這就意味著我不能許願讓夏洛特不要死去。

「妳明白了嗎？」霍拉蒂奧爺爺直視著我的眼睛問道。

我點了點頭，感到非常失望。我明白，但還是接著問：「如果我就是要許這樣的願望，會怎麼樣？」

「如果妳許下跟死亡有關的願望，就會永遠毀掉地球儀。當然，也就永遠無法實現願望了。妳明白了嗎？」

我又點了點頭。

「好。這樣的話，我教妳地球儀怎麼使用。」

「首先，妳要點燃蠟燭，」他說，「就像我剛才做的那樣。然後要關燈並拉上窗簾或百葉窗，房間一定要真的暗下來。」

「好的。」我說，「但為什麼要這樣呢？」

「因為不這樣妳就沒法看到光線。」

霍拉蒂奧爺爺雙手圈在燭臺旁邊，我看到一束微弱的光穿過球形上的小圓洞照射出來。

「然後，妳將地球儀放在燭臺旁邊，讓光照到地球儀上。」

霍拉蒂奧爺爺停了停，「接下來妳就要轉動地球儀。」他吹滅了蠟燭，示範道：「就像這樣。」

他就像我之前無數次做過的那樣，開始轉動地球儀。

「好的。」我說。

「當地球儀停下時，光束將會指向地球儀上的某個特定地點。」

我看了看地球儀。「然後呢？」我好奇地問道。

霍拉蒂奧爺爺拿起其中一個玻璃罐，「然後妳就用光束所指地方的土或水裝滿這個瓶子。」

「但是……要是光束指向……澳洲怎麼辦？那裡可是距離瑞典很遠呢。」

「確實滿遠的。」

「那麼，我怎樣才能弄到那地方的土或水呢？」

「小朋友，那位安哥拉女士可沒說這個。妳不用自己到那裡去取，可以讓其他人幫忙。妳可能有認識的人正好會去澳洲。」

不可能。這怎麼可能奏效呢？「其他的罐子怎麼用呢？」我看著放在桌子上的四個罐子問道。

「同樣的步驟。妳要轉動地球儀五次，每轉動一次，光線就會照到一個新的地方，妳或者其他人必須從每個地方都收集一些土或水。我跟妳說，光線只會按照自己的意願進行。這也是一大神奇之處，雖然是從球體的小洞裡射出的光線，但光線會移動。」

我嘆了口氣說：「謝謝你清楚的講解，但我不覺得……」

「我還沒說完呢！」霍拉蒂奧爺爺不耐煩地說道：「妳把所有玻璃罐收回後，將它們跟地球儀一起放到盒子裡。接著，把盒子放到一個黑暗的房間裡，大聲說出自己的願望。等待一晚，第二天就會願望成真。」

這聽起來確實很神奇，但看起來要完成所有事太難了。如果我轉動地球儀，得到的是五個根本不可能去到的地方怎麼辦，那一切不就毀了嗎？

「你相信這個嗎？」我遲疑地問道。

「相信。」霍拉蒂奧爺爺說，「完全相信。」

但我不相信。唉——雖然我想相信，但是獲得土或水簡直太難了，事實上這幾乎不可能辦到。

我默默地將東西放回盒子裡。就在這時，霍拉蒂奧爺爺的電話響了，他跑去接電話，很快就回來了，回來得太快了。

「蘿蓓塔，妳得回家了。」

我猛地抬起頭來，「為什麼啊？」

霍拉蒂奧爺爺看起來很難過，「是夏洛特的事情。」

7

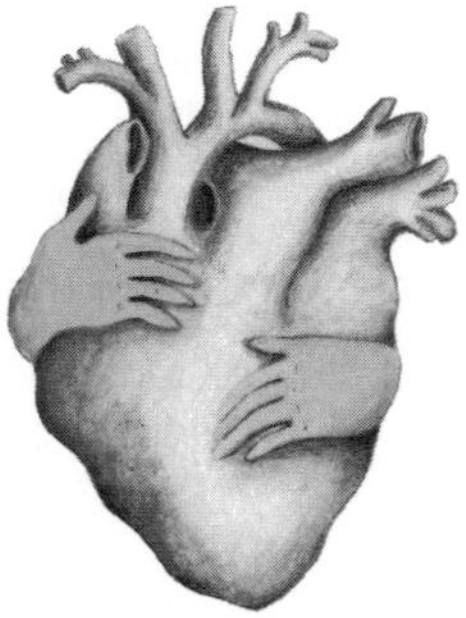

剛才是我爸爸給霍拉蒂奧爺爺打的電話。爸爸剛剛下班回來，我飛奔回家的時候，他正坐在臺階上，雨已經停了。

我跑得飛快，上氣不接下氣，手裡抱著的盒子顯得格外沉重。

「怎麼了？」我問道，「發生了什麼事啊？」

「是夏洛特。」爸爸說道。

「我知道是關於她的！」我大聲喊道，「她沒有死，對嗎？」

爸爸看起來很悲痛，我簡直無法呼吸。

「她沒死。」爸爸冷靜地說，「當然沒有，但她的病情嚴重惡化了，很嚴重。很顯然這是昨晚的事，現在醫生們確定，夏洛特需要新的心臟，越快越好。」

我把盒子放下，「如果她找不到新的心臟呢？」

爸爸躲開我的眼神，看向別處。

「爸爸，如果她找不到新的心臟呢？」

他艱難地嚥了口唾沫，「我們以後再談這事吧。」

我明白了。我知道，沒有新的心臟，夏洛特就會死的。

那個當下，一切事物讓人痛心，讓我不想活著承受。我悲痛至極，反而無法哭出聲來。

爸爸站了起來，我們一起進了家門。

「她可以用我的心臟。」我說。

爸爸大吃一驚，「那是不可能的。」他說。

「為什麼不行呢？」即使我心中早已知道答案，仍忍不住追問。

「因為那樣妳就死了。妳難道不明白嗎，蘿蓓塔？沒有心臟誰都活不了，沒人能活。」

「的確是！那我們該怎麼辦呢？我們到哪裡去找一顆沒人要的心臟呢？」

爸爸的臉上也是一片絕望之色，「我也不知道，」他說，「這可不是那種到處尋找就能找到的東西。」

他走到廚房去，「妳喝茶的時候想吃點什麼嗎？我可以做點妳喜歡吃的。」

我不知道自己想吃什麼。

「來點義大利麵配肉丸怎麼樣，再來點番茄醬？」爸爸建議道。

我聳了聳肩。如果張嘴說話，我恐怕就要哭出聲了。我走進自己房間，將盒子放在桌子上。

有人敲了敲我的門，其實門是開著的。我抬起頭，看到希歐多爾戴著棒球帽站在那裡。我猜他是正好要出去。

「妳還好嗎？」他問道。

我艱難地嚥了口唾沫。

「還好。」我小聲說。

「那就好。」希歐多爾擺弄著自己的帽子，「晚點見。」他邊說邊離開了。

我自己站在那，淚流滿面。

可怕的事情發生時，一切都難以理出頭緒。直到第二天，我才意識到夏洛特病得有多重。一大早，我趁著上學前的時間跑到了醫院。看到夏洛特，我掩飾不住難過，她比以往病得更重了。我爬上床，跟她並排躺在一起，她開始抽泣。

「告訴我，」我輕聲說，「告訴我到底發生了什麼事。」

夏洛特開始說話，她的聲音十分虛弱，我得靠得很近才能聽清她在說什麼。

事情很棘手，新心臟顯然很難找到，醫生就是這麼跟她說的。目前沒有新的心臟，現有的心臟都有人在用。夏洛特需要等到擁有健康心臟的人去世，比如說發生事故什麼的，然後她就能擁有那顆心臟——當然，首先這心臟得適合她，這一點也至關重要，隨便放顆心臟進去是不行的。

這一切聽起來讓人無比絕望。

「妳很快就能回家了，對嗎？」我問道。

「可能吧。」

「那妳能回去上學嗎？」

「不行，也許秋天可以，但現在不行。」

我不安地動了動。我敢問她多少問題呢？有什麼話是我不想聽的嗎？我覺得那些都不重要，我必須明白這一點。

「妳需要多快換上新的心臟？」

「盡快。」

「盡快是多快？」

「非常快。」

我坐了起來。

「既然如此，我得開始找了，」我堅定地說，「每天都找，那樣就能在秋天前找到一顆心臟了，因為那時我們就得到斯德哥爾摩去見國王和王后了。我們一定要一起去好嗎？」

夏洛特點了點頭說：「好的。」

我站起來，「我得去學校了。」

夏洛特開始咳嗽，我十分擔心。

「妳爸爸媽媽在哪？」我問她。

「他們去吃早餐了。」她揉了揉眼睛，似乎一大早就累了。

「妳最近有做什麼特別的事情嗎？」她問道，「我是說在學校裡。」

我轉轉眼珠，思考了一下，「我們被交派了一項很奇怪的家庭作業，要寫下我們最害怕的五件事情。」

「我能看看妳寫了什麼嗎？」夏洛特問道。

我有點猶豫，畢竟我把「死亡」放在了最前面。話說回來，夏洛特可能也害怕死亡呢。我打開自己的帆布書包，拿出素描本。

夏洛特瀏覽了一遍我的清單，「妳只寫了四件事情，不是五件。」

「我想不起其他事情了。」我說。

我把素描本放回帆布書包裡。

「我也要列一份清單。」夏洛特說。

我猶豫了一會兒，離開前還是問了。

「那麼，妳最害怕什麼呢？」我問道。

夏洛特眼中出現了猜疑的光。她焦慮地看著門口，讓我靠近一點，她不喜歡其他人聽到她說的話。

她在我耳邊輕聲說：「我怕我死了之後，我的父母會非常、非常傷心。」

8

我答應了夏洛特要去尋找一顆心臟，我信守了諾言。我發了瘋似地去找，在報紙上和網上搜尋線索。爸爸媽媽喜歡閱讀每天的報紙，他們訂閱了多種不同的報刊。我閱讀了瑞典發生的每場事故，但沒有有關多餘心臟的任何消息。

後來，夏洛特獲准回家了。她一直疲憊不堪，大部分時間都坐在沙發上或躺在床上，護士每天過來照顧她。我盡我所能，經常去看她。很快，離這個學期結束只有一週了，而距離藝術大賽截止只有兩天了。

「我畫了這個，」夏洛特邊說邊給我看她的畫，「只是……我還沒有畫完。」

或者說，她還沒有給任何人物上色，還有很多鉛筆線條也需要擦去。

「我可以把畫畫完，」我說，「要是妳沒有時間的話，我可以完成這幅畫，這樣妳就也能參加大賽了。」

「我覺得妳完不完成這幅畫都無所謂，」夏洛特說，「這幅畫不夠好，我一定沒辦法獲選。」

我很難反駁她。這張畫確實無法列入她的最佳作品之中。我想起了許願地球儀還有霍拉蒂奧爺爺所說的話。地球儀能幫我們贏得大賽，但首先得從世界各地找到適當的土和水。這種想法讓我十分不安。我認識的人都在瑞典，我沒辦法讓許願地球儀發揮作用。

「妳的畫是什麼樣的呢？」夏洛特想知道。

「我還沒畫完呢。」

她大吃一驚，有點擔心，「妳要怎麼在兩天內把我們兩個人的都畫完呢？」

我也在考慮同樣的事情，整個下午和晚上都在擔心。當大家都上床睡覺後，我突然有些靈感。我興奮不已，立刻開始畫了起來，即使第二天疲勞也無所謂——畫畫的事情比較緊急！

我不知道自己熬了多久，很長時間，非常長的時間，但我上床睡覺的時候十分愉快。若是我能把夏洛特的畫也畫完，我們就有機會獲勝了。我在被子下面蜷縮成一團。

除了跟夏洛特一起去斯德哥爾摩，我什麼都不想要。

我只想讓她活下來。

沒人知道我為何這麼累，連續兩天都是如此，因為第二天我要把夏洛特的畫弄好。

媽媽有點擔心。

「妳是不是得了什麼病，」她說，「接下來幾天妳最好別去看夏洛特了。」

這是我聽過最愚蠢的話了，我只好打電話告訴夏洛特一切都弄好了。

「我今天把畫寄出去了。」我對著電話小聲說道。

你永遠都不知道希歐多爾是否在附近偷聽。

「太好了。」夏洛特說，疲倦之意勝過欣喜之情。

她只能勉強說幾分鐘的話，隨後我們就掛斷了電話。我肚子一陣刺痛——夏洛特越來越疲憊了。

我坐在桌前，打開了電腦，是時候尋找心臟了。

門鈴響了，我聽到希歐多爾去開門。

「蘿蓓塔，有個男孩找妳！」他大聲喊道。

男孩？

我走到走廊那兒，看到了訪客——艾里克。自從蒂沃利公園一別，我們未再見面。

「妳好。」他說。

「你好。」

「妳想做點什麼嗎？或者，妳在忙嗎？」

我蹭著地板一路走過去。我嗎？

「不忙。」我說，「我並不忙，只不過……」

我想起自己需要在網上和報紙上查看的那一堆新聞故事。我花了太多時間畫畫，其實心臟才是最重要的事情啊。

「不過什麼？」艾里克問道。

我決定跟他實話實說，「你還記得我跟你說過我最好的朋友嗎，就是那個心臟不太好的朋友？她需要一顆新的心臟，我正在幫她找。」

我把這些心事大聲說出來時，自己都被嚇了一跳，但艾里克不認識夏洛特，他不會害怕。

「一顆心臟！」他說道，「妳要為朋友找一顆新的心臟？」

我點了點頭。

「我可以幫忙，」艾里克說，「如果妳不介意的話。」

我又驚又喜——當然可以！這樣我們就有兩個人一起找了，這比我一個人找要好太多了。

我們一起走到我的房間。

「我通常會讀遍我能找到的所有報紙，」我說，「我也會在網上找。」

艾里克指了指地球儀，「這個地球儀不能幫忙嗎？」他問道。

我大吃一驚，說不出話。我從來沒跟別人說過霍拉蒂奧爺爺告訴我的許願地球儀的事情。

「我不懂你的意思？」我說，「這就是個普通的地球儀啊。」

艾里克噘著嘴搖了搖頭，「不是，這可不是個普通地球儀，」他說，「這是個神奇的地球儀。」

我沒搭理他。在拍賣會上艾里克本來是要買這個地球儀的，他知道這是個許願地球儀嗎？我匆匆跑去關上了臥室門。

「你知道這個地球儀怎麼用嗎？」我問道。

他又搖了搖頭，「但是我知道這個地球儀十分、十分特別。」

也許我應該思考他是怎麼知道的，但我並未多想。恰恰相反，我問自己這時候該怎麼辦。我不能把許願地球儀的事告訴他……或者，我該告訴他？艾里克可能知道如何從世界各地收集土和水。

我感覺有點不安，手掌都出了汗。要是他覺得我在說謊，我該怎麼辦？他會笑我嗎？好吧，其實這些都無所謂。

我看了一疊疊的報紙和電腦上的所有新聞，似乎都沒有心臟能提供給夏洛特。

這時候，我才打定了主意。

我竭盡全力地為夏洛特尋找新心臟，至今尚未成功。是時候嘗試點不同的東西了，嘗試點完全不同的東西。

地球儀沒法實現與死相關的任何願望，但還是可以幫助我們。我必須找到辦法來拯救夏洛特。這可能很困難，或者壓根不可能，但值得一試。

現在該是魔法顯靈的時候了。

9

新朋友的微妙之處在於，你無法分辨他們的好壞，至少短時間難以分辨。我曾交過一個新朋友名叫桑德拉，我們認識三週後，她從我這兒偷了一個塑膠手鐲。從那之後，我們就再沒有一起玩了。

艾里克看起來不像是會偷東西的人，他似乎也沒那麼卑劣。當我告訴他關於許願地球儀的祕密時，他也只是坐在那裡靜靜聆聽。

「哇！」在我說完後，艾里克發出一聲驚呼，「這真是太酷了！」

我認為只有好朋友才會這麼說，

而壞朋友不會這樣的。

「你覺得它真的能實現願望嗎？」我問他。

「我不知道，但是如果這可能讓妳的朋友好轉，值得一試啊。」

我吞了吞口水，「請記住我說的話，願望不能跟死亡相關，這才是關鍵所在啊。」

艾里克把頭轉向一邊，苦苦思索著。我也轉向一邊，默默思考。霍拉蒂奧爺爺也有聽錯的可能，也許願望跟死亡有點關係也沒事。不過，還是不要冒這個風險了，我可不想夏洛特的情況變得比現在還要糟糕……

「我們要是許一些跟死亡沒有關係的願望，」艾里克緩緩說道，「但又能拯救夏洛特呢？」

「但我們是想擺脫死亡啊。」我說道。

「的確如此，但是我們不需要向許願地球儀說這些吧。」

「好的……」

他站起身走到地球儀面前，「我們可以不直接許願說希望夏洛特不死，而是用其他願望來代替這個願望。比如說，希望她在一百歲生日的時候玩得開心。」

我哼了一聲，「你這個想法太瘋狂了。」我說道，忍不住笑了起來。

但艾里克是認真的，「妳仔細想想，如果這個許願地球儀向我們保證她在一百歲生日的時候可以很開心，那就意味著她必須至少活這麼多年。」

這真是個絕妙的主意，但誰會想活到一百歲呢？「也許九十歲就夠了。」我說道。

艾里克同意了我的意見，一百歲是太長了些。

「那麼，我們可以許願，夏洛特在她九十歲生日時玩得開心。」他說道。

至此，我們做出了決定——許願地球儀可以幫助夏洛特活到至少九十歲。

「但是我們如何讓願望實現呢？」

「我們得嘗試一下。」艾里克說道，「如果光束能連續五次都指向瑞典，那就很容易收集土或水了。」

「好吧，我們開始吧。」我說。

我非常緊張。我只有一次機會，這次之後，許願地球儀就會永遠變成一個普通的地球儀了。我多麼希望霍拉蒂奧爺爺能在這裡啊，但是他去了自己的避暑別墅，離這比較遠。

艾里克把燭臺放到桌子上，而我則去找了一些火柴。拉下百葉窗時，我的手都在抖。陽光燦爛，暑假即將來臨，如果這是夏洛特度過的最後一個夏天該怎麼辦？

淚水瞬間模糊了我的視線，我飛快地用袖子擦掉眼淚。我之前從來沒想過這些——我最後一次做某件事的時候，不會有人告訴我這是最後一次。

「我們要先做什麼？」艾里克問道，他並沒有注意到我此刻正心煩意亂。

「點燃蠟燭，之後我會把燈關掉。」

艾里克按照我的話做了，我隨後關了燈。

然後，這束細細的光就會指明需要我們收集土或水的地方。

「妳看到了嗎？」艾里克低聲說道，「光束正在移動。」

他說的沒錯。儘管霍拉蒂奧爺爺之前就曾說過，但我還是相信光束會靜止不動。而實際上，它就像在地球儀上跳舞一樣。

「現在，我們轉動地球儀。」我說道。

「最好妳來轉動，」艾里克說道，「這是妳的地球儀，也是妳的願望。」

我緊緊地閉上眼睛，轉動地球儀。睜開眼睛時，我看到光線正從地圖上劃過。地球儀快速旋轉著，似乎很是焦慮不安。慢慢地，地球儀停止了旋轉，光束也定了下來。

「日本。」艾里克宣布。

我湊上前去認真檢查。是的，這束光直指日本。我心頭一緊，我們怎樣才能從日本收集到土或水呢？

「再來一次吧。」艾里克說道。我很慶幸這時有他在這，讓我沒有時間想太多。地球儀不停地旋轉，光束在地圖上來回跳動，之後，一切都停了下來。

塔吉克。

艾里克和我盯著許願地球儀，之後又彼此互相看了看。

「呃……我從來沒有聽說過那個國家。」他說道。

「我也是。哦，不！」我低聲說道。

「再來一次吧。」艾里克說道，他看起來也是憂心忡忡。

日本和塔吉克。情況非常糟糕。

轉動地球儀時，我緊張得冒汗，手指變得很滑。我並不是不能為夏洛特做點什麼，而是不知道該怎麼做。

地球儀停止了轉動。

光束指向一個臨海的國家。

巴西。

艾里克沮喪地嘆息道：「巴西！加油啊，蘿蓓塔——試著找一個不要那麼遙遠的地方吧！」

艾里克說得好像不是地球儀做決定，而是我能決定似的。

我再次轉動了地球儀。地球儀停下時，我緊閉雙眼不敢看，等待著艾里克宣布最後的結果。但是，他沒說話，至少剛開始沒說話。

之後，他說道：「哇。」

這意味著，我必須自己去看結果。

以色列。

「哇，真的是。」我說道。

艾里克推了我一把，「以色列這個地方太完美了！」他說道。

我看看地球儀，又回頭看看艾里克，「以色列離瑞典的距離也不近啊。」

他興高采烈地說道：「是不近，但是沒關係啊，我爺爺奶奶住在那裡，他們可以立刻把當地的土或水寄給我們。」

至少這次讓我覺得我們的運氣還不錯。

「再轉最後一次吧。」艾里克說道。

我太緊張了，根本無法轉動地球儀。

拜託，拜託給我們選一個容易到達的國家吧！我祈禱著。

慢慢地，地球儀停止了轉動，光束也指定了位置——光束指向了棕色地圖上的一大片白色區域，就位於地球儀的底部。

艾里克皺了皺眉頭，「我不知道這塊白色空間意味著什麼，」他說道，「我覺得妳還得再來一次。」

然而，我們很快就發現沒有必要再轉了。

這次指向的是整個南極洲。我對南極的唯一了解就是它是由冰雪組成的。

「我覺得那裡沒有任何土。」艾里克說道。

「但是，那裡有很多水啊。」我說道。

「那裡真的是個國家嗎？」艾里克有些懷疑。

「我不知道，我覺得不是國家。但是沒關係，霍拉蒂奧爺爺說光會選擇不同的地點，就像剛才一樣。」

我們沉默。我倆都不知道要怎樣才能到達世界的另一端，我們都不認識住在那裡的人或者要去那裡旅遊的人。

我打開燈，艾里克吹滅了蠟燭。

單。

我逐個寫下選出的五個地方的名字，我們靜靜坐在那裡看著這個名單。

「我們從最容易的開始吧。」艾里克說道。

我沒意見，我們就從收集以色列的土或水開始。

10

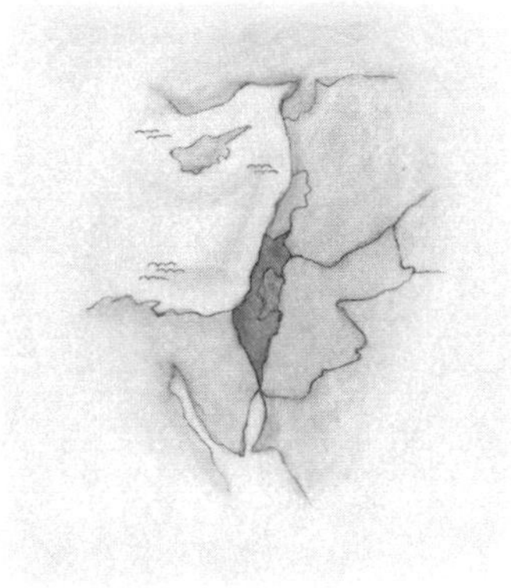

暑假要開始了。

這個學期的最後一天，我穿著媽媽給我買的粉紅色裙子參加期末聚會。但是，夏洛特沒能來上學，這是她第一次錯過學期最後的聚會和演講。我試著說服自己，這只是她唯一的一次缺席，她明年夏天會出席的——但是，連我自己都無法完全信服。

結束的時候，我疲累不堪。很多人都去野餐了，我選擇回家。我不耐煩地等待著艾里克打電話給我或者來找我。他的祖父母答應會盡快寄出土或水，但是因為距離太遠了，我們還沒收到。

爸爸媽媽在學校聚會結束後就直接回去工作了，希歐多爾在一個朋友家。我回到房間，穿著衣服躺在床上，想看一下書，但是我發現根本做不到。我覺得頭疼難耐，手也很痛，胸口也很不舒服。

我把手按在自己胸口的位置，用力按壓，我能感受到心臟在胸腔裡跳動。

怦怦，怦怦，怦怦！

心臟跳動得這麼劇烈嗎？我從床上坐起來，感到非常害怕。如果我得了跟夏洛特一樣的病會怎麼樣呢？為什麼我之前沒有想到這個呢？

我立刻跑去打電話給媽媽。電話那端背景聲音十分嘈雜，聽起來好像是在市場中心。

「親愛的，爸爸和我都在開會呢，」她說道，「有什麼重要的事嗎？」

「我覺得我生病了。」

我聽到了她的腳步聲，她走向了一個安靜的地方。

「妳剛剛還好好的。」她說。

「我知道，但是我現在感覺不太舒服。」

我感到我的情況變得越來越糟糕，我覺得心臟很痛，頭和手也很痛。

「我覺得我得了跟夏洛特一樣的病。」我低聲說道。

媽媽嘆了口氣，「親愛的蘿蓓塔，這就是妳擔心的事情嗎？認真聽好，親愛的，夏洛特是先天性疾病，妳不會被感染的，絕對不會。」

我覺得好一點了，但感覺還是不太舒服。

「好吧，也許是其他疾病呢，」我說道，「一種其他類型的心臟疾病。」

媽媽沉默了片刻。

「妳是不是想讓我今天早點回家，寶貝？」媽媽問道，「我們可以在蒂沃利公園見面，然後去吃霜淇淋。我四點可以到那裡。」

我瞥了一眼窗外，外面好像要下雨了。

「好吧。」我說道。

「答應我，妳要是覺得更難受了，一定要打電話給我。」

「我一定會的。」我說。

我掛了電話，坐在那裡想知道哪個部位更疼一點。然後，門鈴響了起來，是艾里克帶著以色列的土過來了。

「他們從耶路撒冷中部的一個公園裡取的土！」艾里克興奮地說。

這真是有史以來最酷的事情了——來自耶路撒冷公園的土！是哪個公園的不重要，重要的是，這是來自以色列的土。

我們趕緊跑進我的房間，拿出一個玻璃罐。艾里克的奶奶用信封寄來的土，我們小心地把土倒進罐內。

「別撒了。」看到我的手微微顫抖，艾里克叮囑道。

我把蓋子蓋上，把玻璃罐放在桌子最上面的抽屜裡。一個已經塵埃落定，其他四個還得想想辦法。

奇怪的是，我身上哪兒都不痛了，一點都不痛了。

我們在書桌旁坐下，拿出我的素描本。我至少有一個星期沒畫東西了，反而寫下了許多我認識的人的名字。

「我至少要真正嘗試過才行，」我說，「但是我真的不認識任何要去日本、塔吉克、巴西和南極的人。」

「南極。」

「我說過了。」

艾里克若有所思地搔著頭。他穿著一件長袖襯衫，沒有手臂的那一側，衣袖被打了一個結。

「妳問過妳的爸媽嗎？」他問道，「他們可能會認識一些要去這些國家旅行的人。」

我撥弄著自己的素描本。真的要告訴爸爸媽媽嗎？他們一定會問我要這些土和水做什麼，我可以說謊，告訴他們這是學校的一個作業，雖然我這個夏天並沒有什麼作業要做。

「就說是妳為夏洛特準備的禮物。」艾里克建議道。

這個提議真不錯。

「我們什麼時候才能完成這項工作啊？」艾里克看著四個空罐子問道。

我想起了夏洛特，想起她那蒼白的臉和發紫的嘴唇，想起夏洛特在春天耽誤的學校生活。

「要快，」我說道，「越快越好。」

艾里克點點頭。

「或許你也可以問問你的爸媽。」我說道，「我的意思是，問問他們是否認識會去日本等地的人。」

「我已經問過了，他們不認識。」

我盯著我們得到的名單。這也太離譜了，我怎麼會這麼蠢呢？我居然真的相信一個老舊的地球儀可以幫助夏洛特！

「也許我們可以在網路上試試。」艾里克說道，「我們也可以做廣告，尋找那些可以幫助我們在這些地方找到土或水的人。我敢保證，我們會收到很多答覆。」

我也這麼想，但是這些回覆又有什麼用呢？我們並不能確定那些土或水來自哪裡。我們要怎麼解釋自己要這些土或水幹什麼呢？如果我們告訴了大家這個許願地球儀的事情，他們肯定會認為我們瘋了。

我把這些想法都告訴了艾里克，他也同意我的觀點。我們必須用其他方法來得到我們所需的東西。

這時，電話鈴聲響起。是霍拉蒂奧爺爺打來的，他剛從避暑別墅回來，想知道我是否願意過去。

我當然願意！霍拉蒂奧爺爺去過世界各地很多地方。如果說有誰認識那些住在遙遠地域的人的話，那一定是霍拉蒂奧爺爺。

11

「我認識住在南極的人嗎？你們是在開玩笑嗎？」

霍拉蒂奧爺爺一副要放聲大笑的樣子，艾里克和我癱坐進他的大沙發裡，掙扎著要坐起來。

「我是認真的。」我說道。

「這很重要。」艾里克補充道。

霍拉蒂奧爺爺搔搔頭。他坐在自己的紅色扶手椅上，羅蘭伏在他的膝頭。

「既認真，又重要，」他說道，「很高興你們轉動了地球儀。」

「是的，」我說道，「但是得趕緊

收集到這些土或水。」

霍拉蒂奧爺爺狠狠地瞪了我一眼，「妳不記得我跟妳說過的關於死亡的事情嗎？妳不能許任何跟死亡有關的願望。」

「我沒有！」我說道。

他好像並沒有完全相信。

「好吧，」最後他說道，「好吧，我相信妳。那有哪些地方啊？」

我清了清嗓子，唸出了名單：「日本、塔吉克、巴西、南極。」

「塔吉克？」霍拉蒂奧爺爺感嘆道，「我很久沒聽人提到這個地方了。」

那是當然的，這話不假。

「我去過日本和巴西，」他繼續說道，「但那是很多年以前的事了。如今那裡的人我可誰也不認識。」

「好吧。」我無比失落地說道。

霍拉蒂奧爺爺站起來，羅蘭跳下來趴臥在走廊上。

「妳需要發揮妳的想像力。」霍拉蒂奧爺爺不耐煩地說道。

「想像力？我們需要真實的土或水。」我說道。

「我知道，但是你們需要發揮自己的想像力才能得到這些土或水。你們一直在談論認識的人，但這是不夠的。你們需要去認識新的人，那些要去這些地方的人。」

「我們要怎麼去認識呢？」艾里克問道。

「這個問題問得好——哪裡能找到那些要去這些地方的人呢？」霍拉蒂奧爺爺說道。

艾里克突然興奮起來，「機場！」他說。

「或者，旅行社！」我興奮地補充道。

「克利斯蒂安城有旅行社嗎？」艾里克問道。

「當然有了，」我趕緊說道，「我經過那裡好多次了。如果我們快點，還能在關門前趕到那裡。」

霍拉蒂奧爺爺看起來很高興。

「那我們走吧，」艾里克說道，「最後的努力。」

我不禁感到有點擔心，「你們覺得旅行社會提供到南極和塔吉克的旅行嗎？」

霍拉蒂奧爺爺皺起了眉頭，「也許有，也許沒有，」他說道，「你們可以問一問。」

我們當然可以。這是第一次，我覺得充滿了希望。我們可能、只是可能會成功的，我們也許能拯救夏洛特。

騎自行車到鎮上用了不到十分鐘，我們跑過最後幾米的步行區。艾里克和我都沒有去過旅行社，我們的爸媽都是在網上預定假期的安排。爸媽每年都會帶我和希歐多爾出去玩一次，這次我們會去紐約。旅行就在幾個星期之後，但是我真不想去啊，很多人都說那裡的夏天太熱了，但是爸爸好像不太在意。

爸爸總是說：「我們離開一個地方時，那裡總是會下雨的。」

客觀地說，哪種說法才是真的呢？我們並不清楚紐約的情況是不是真的那樣。

我們推開門，門鈴響起。店裡並沒有客戶，前檯後面的女孩正在整理各種宣傳冊。

「歡迎光臨。」她面帶微笑地說道。

「您好。」我們回道。

我們環顧了一下四周，牆上裝飾著來自世界各地的美麗圖畫。艾里克輕輕地推了我一下，顯然，我們需要解釋一下為什麼會出現在這裡。

「呃……」我邊說邊往前走，「你們提供到日本和巴西的旅遊行程嗎？」

「當然，我們有到那裡的行程。」女孩回答道，「你們想去哪裡呢？

想什麼時間去？」

她走到電腦前。

「事情是這樣的，」我說道，「我們不是要去旅行。」

「哦？」

真是一團糟！

「我們是想尋找那些要去巴西和日本旅行的人。」艾里克說道。

「想要拜託他們幫我們點小忙。」我補充道。

女孩身體前傾，目光充滿疑惑。

「跟我說說看吧，」她說道，「告訴我，你們需要什麼樣的幫忙？」

我趕緊走到櫃檯前。我穿著自己的新拖鞋，鞋有點磨腳。

「我們需要來自這些地方的土或水。」我說道。

「當作禮物。」艾里克補充道。

「很棒的禮物啊！」那女孩說道，「來自世界各地的土或水。為什麼不收集鵝卵石代替呢，鵝卵石更容易運輸啊。」

我搖了搖頭，「不行，」我堅定地說，「一定要土或水。」

艾里克盯著女孩身後牆上的世界地圖看，「你們有到塔吉克和南極的行程嗎？」他問道。

女孩的表情變得嚴肅起來，「這個恐怕沒有。到南極只能坐船，到塔吉克的話……我知道有航班到那裡，但是旅行者不會來這裡，他們通常都是線上預訂。那些要去南極的人也是如此。」

我和艾里克彼此看了看，真是太好了，有到塔吉克的航班！遺憾的是，這些機票是線上購票的，這就意味著我們不能追蹤任何旅行者。

「我保證會盡力找到那些在日本和巴西可以幫到你們的人。」那個女孩說道，「你們留個電話號碼給我吧，我到時聯繫你們。」

我趕緊把家裡的電話號碼給了她。

「妳覺得會不會有其他旅行社有到南極的旅遊行程？」艾里克問道。

「我回去查一下，然後告訴你們。」那個女孩說道，「我會跟你們保持聯繫的！」

我們謝過那個女孩，離開了那裡。

外面開始下起毛毛雨來，艾里克騎車回家了，我去了蒂沃利公園，在霜淇淋攤旁等待著。四點時媽媽並沒有出現。時間一分一秒地過去，如果她不出現，我會失望透的。

幸運的是，那種情況並沒有發生。十分鐘後，媽媽來了。她步伐匆匆，快到霜淇淋攤時還差點摔倒。

「天啊！」媽媽笑了起來，匆匆向我走來，「對不起，我遲到了！」

她給了我一個大大的擁抱，然後買了霜淇淋。

這是暑假最好的開始方式。

12

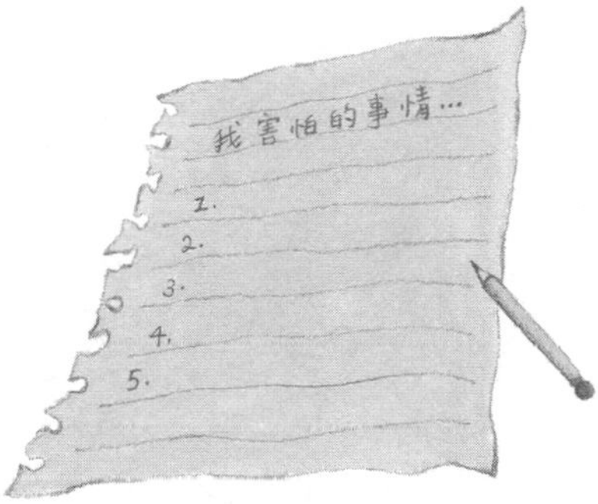

時機到了，我決定告訴夏洛特關於許願地球儀的事情。我想讓她知道我所知道的一切——一切都會好起來的，只要我們收集到那些土或水。

我把地球儀放進箱子，過去看她。她正躺在床上看電影。好吧，雖然我說的是正在看，但她看起來很疲憊，幾乎要睡著了。

我很擔心。

「妳的身體狀況沒有變差，對吧？」我坐在床邊問道。

夏洛特把枕頭墊在腦後，調整了一下鼻子下面的氧氣管。

「哦，沒有。」她說道。

我可以看出來她在撒謊，但是沒關係，有時候我也會對她撒謊，比如當她問起艾里克的事情時。

「你們兩個已經是朋友了嗎？」

「我不知道。」

不管怎樣，我想談談地球儀。

「妳還記得我們買地球儀的時候，霍拉蒂奧爺爺說過什麼嗎？」我一邊問她，一邊從箱子裡拿出地球儀。

夏洛特看起來很疑惑，「記不太清楚了。」

「他說這是個神奇地球儀！」我提醒她。接著，我把自己和艾里克正在做的事情告訴了她。

夏洛特垂著眼睛，默默地聽著。

「聽起來，妳和艾里克最近在一起相處的時間很長。」她說道。

我把頭髮塞到耳後，「不是的，」我說道，「我跟妳在一起的時間更長。」

夏洛特若有所思。

「九十，」她說道，「所以，這就是我最終的年齡嗎？」

我臉紅了。九十突然顯得有點不盡如人意了。

「九十歲難道不夠嗎？我們想著至少要活九十歲。如果妳不喜歡可以更改的，我們還沒有許願呢。在收集到所有的土或水之前，還無法許願。」

夏洛特輕輕轉動著地球儀，「我覺得九十歲就可以了，只要妳還在我身邊。」

我想起自己的頭痛和心臟痛。我可能活不到九十歲，可能只能活到七十歲，或者六十歲。

「我會盡力的。」我向她保證。

她看上去很高興，坐得更直了。

「妳還記得妳給我看的那個清單嗎？」她問道。

我搖了搖頭。

「妳一定記得，妳為家庭作業做的那個清單——妳最害怕的那個。妳只能想到四個。」

「哦，是的。」

夏洛特打開床頭櫃的抽屜，拿出一個筆記本。

「我在醫院的時候上過一些課，」她說道，「課不多，只有當我身體夠好的時候才會上課。」她邊咳嗽邊打開了筆記本，「我跟我的老師提起妳的清單，她建議我也應該做一個。」

夏洛特給我看她寫的東西。我走得更近一點，仔細地閱讀。

我害怕的事情　　夏洛特、強生

1、如果我死了，我的父母會非常難過。
2、死亡。
3、沒有任何朋友，沒人願意和我在一起。
4、一個人總是生病而不得不待在家裡。
5、蛇和黃蜂。
6、我們的房子被燒毀。

我記得第一條，她曾在醫院低聲跟我說過，其他的都是新寫的。

我指著第三條，「不管妳病多久，我們都會是朋友！」我激動地說。

「是的，但是……妳知道……其他人，那些我不經常見的人，感覺已經完全忘記我了。」

「他們絕對不會這樣的。」我說道。

我並不像我說的那樣相信自己所說的話。同學們越來越少提及夏洛特，就好像他們已經習慣了她生病而不得不待在家裡一樣，就像任何不上學的人就不存在一樣。

這個想法讓我渾身冰涼——即使還活著，你也可能會消失。

「我在醫院的老師說我應該給我的爸爸媽媽看看我的清單，」夏洛特說，「所以我們可以聊一聊第一條，讓他們知道事實上我並不想他們太難過。但是我還沒準備好。還沒有。我的意思是說……我不想在我死的時候他們開心。他們應該是悲傷的，但是不要太悲傷。」

我想我是明白的。

「老師還說，我們應該談一談死亡。」

「我們？」我問道，手指指向自己。

夏洛特的臉紅了。這很好，因為這樣她的臉色變得不再那麼蒼白。

「對不起。」她說道，「我碰巧告訴我的老師，妳也怕死——那是妳清單上的第一個，也是我清單上的第二個。妳介意嗎？」

我聳了聳肩，「我不介意。」

夏洛特看起來鬆了一口氣，「太好了。」

我不安地動了動，「她覺得我們應該談些什麼呢？」

夏洛特凝視著窗外，「為什麼我們那麼害怕呢？」

這話讓我有點迷惑不解，「這有什麼好奇怪的？她是太笨還是怎麼了？人死了就不存在了，就像我的奶奶一樣。」

我覺得死亡最糟糕的就是這一點，永遠都不會結束。

「我覺得人去世後，大家都會忘記這個人。」夏洛特平靜地說，「甚至在你生病的時候就會這樣。」她接著說道。

「不是這樣的！」我說道，「我仍然記得我的奶奶。很多名人去世後，大家仍然還在討論他們，就像貓王，還有阿思緹·林格倫[3]一樣。我

3 阿思緹·林格倫：瑞典國寶級童書作家，代表作「長襪皮皮」系列。

爸爸喜歡聽貓王的歌，我喜歡不同類型的音樂，但是，我喜歡阿思緹．林格倫的書——沒人會忘記她。」

夏洛特看起來是那麼悲傷，「貓王和阿思緹．林格倫？這能有什麼幫助嗎？我沒有發行過那麼多專輯，也沒有寫過書，如果我死了，什麼也不會留下。」

這種想法真是讓人太痛苦了。如果夏洛特死了，一定會有什麼東西留下，否則我會發瘋的。

「妳的畫，」我飛快地說道，「妳的畫仍然在啊！」

「誰會想看那些畫呢？」

「我，我想看它們。」

我們默默地坐了一會兒，我拿出我的筆記本，把我們聊過的事情列了一個清單。我把它命名為：蘿蓓塔和夏洛特的死亡清單——為什麼死亡那麼可怕。

我把我寫的給夏洛特看，「有什麼要補充的嗎？」我激動地說。

她開始哭泣，「我還害怕死的時候會很痛。」

我馬上把這條記錄了下來，幾乎沒有注意到自己也在抽泣。

「我認為這是一件很可怕的事情，因為我們不知道之後會發生什麼。」夏洛特接著說道，她哭得更加厲害了，「我真的，真的非常害怕那個。」

我把這條也寫了下來。

淚水滑過我的面頰，我擦掉眼淚，重讀了一遍清單。

「我害怕我們死的時候孤零零的，」我說道，「就像我們生病時一樣，雖然我們已經死去。」

「沒錯。」夏洛特擤了擤鼻子，「如果我們在某個地方孤獨死去怎麼辦？」

「也許有很多地方可供選擇，」我說道，「我是說那些有很多人的地方。」

夏洛特太累了，沒有力氣回應我，她不得不躺了下來。

「也許吧。」她說道。

「也許當我們死的時候什麼也不會發生。」我說道。

「就像睡著了一樣，」夏洛特說道，「只是我們不會醒過來。」

我又看了一遍清單，確保我把所有的內容都記錄了下來。

蘿蓓塔和夏洛特的死亡清單——為什麼死亡那麼可怕

因為它會持續很長時間。

因為我們很可能會在死後被人忘記。

因為你的父母和其他的許多人都會真的、真的很傷心。

因為死亡可能會很痛。

因為我們不知道那之後會發生什麼。

我想到了可以補充的內容，於是在下面寫道：

因為死亡會隨時來臨。

我覺得我在夏洛特生病之前不明白這些，至少並不確切了解，甚至在奶奶車禍去世的時候都不太明白。畢竟奶奶去世的時候已經很老了，那時我已經明白老人最終都會去世的。事實上孩子也是會死去的，我當時並沒有意識到這一點。

這就是為什麼在讀到報紙上那些意外事故時，我們會覺得如此難過。人總是要死的。這代表著什麼呢？為什麼不能讓所有人都活到八十歲啊？在那之前，我們都沒有必要去考慮這些。

我深吸了一口氣，「肯定有人了解得更多。」我說道。

「對什麼了解得更多？」

「關於死亡是什麼感覺。」

夏洛特把她的臉貼在枕頭上，很快就要睡著了，「醫院裡有個很好的牧師，」她說道，「他也許知道。」

「可能吧。」

我要回家去了，好讓夏洛特可以睡覺。

我把死亡清單藏在抽屜裡那個裝以色列土的玻璃罐旁邊。那天晚上，我沒有再想到死亡。

13

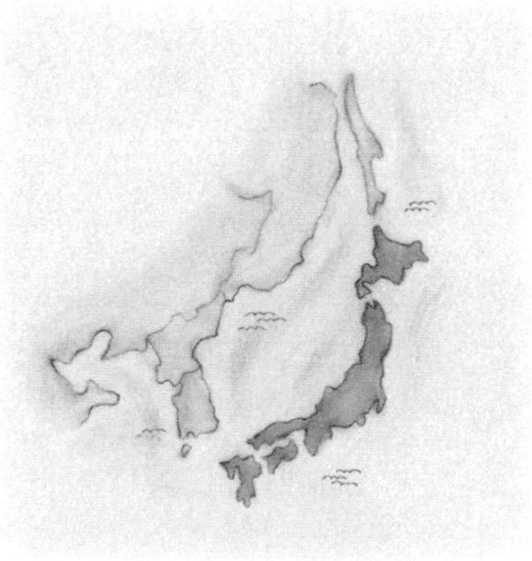

暑假的第一天是星期一，我自己待在家裡。希歐多爾在一個木匠那裡找了一份暑期打工，艾里克患上了重感冒，也不能過來了。我讀書畫畫，一個人的時光過得也很愜意。

幾天之後，太陽出來了。我和幾個朋友坐公車去了奧胡斯，到海邊去游泳。我沒有透露任何關於許願地球儀的事情，那是我們的祕密，我和艾里克及夏洛特的祕密。那個旅行社的女孩仍然沒有聯繫我們，我盡量表現得毫不驚慌，盡量不去想醫生提及的夏洛特要盡快換一個心臟的事情，但是，我做不到。

葛洛莉亞——我的一個朋友——戳了戳我的手臂。她的手上沾滿了沙子，我剛從水裡出來，正躺在自己的毛巾上晾乾。

「夏洛特怎麼樣了？」她問道。

其他人都靜下來看著我。

「她很累。」我答道。如果他們確實不知道的話，我並不想告訴他們夏洛特的病情。

「我媽媽在醫院工作，」另一個女孩大聲說道，「她說在夏洛特原來的心臟停止運作前，得趕緊找到一個新的心臟。」

我感到很生氣。她媽媽知道什麼？什麼都不知道！

「是的。」我說道。

其他人開始討論其他事情，除了葛洛莉亞。

「我們下週要去鄉下，」她說道，「媽媽、爸爸和我。妳想和我們一起去嗎？」

我很猶豫。我不想離開夏洛特，我也不太了解葛洛莉亞。我是說，我們經常見面，一起做些看電影之類的事情。但是，也就這些事情。

「我覺得可能去不了。」我說道。

葛洛莉亞看起來很失望。

太陽炙烤著我的後背，我覺得又濕又熱，此時唯一想做的事就是趕緊坐公車回家。

葛洛莉亞拿出一本雜誌。

「聽我說。」我說。

她抬起頭，滿懷期待地微笑著。

我繼續說下去，「謝謝妳的邀請，下次我一定會去的。」

我覺得自己清楚表達了自己的意思。

兩天後，夏洛特需要回醫院做檢查。山姆是夏洛特的醫生，他認為不用給她增加輸氧量是個好跡象。

夏洛特回家後，打電話給我說了醫生的這個結論。

「妳還是需要氧氣，這還算得上好跡象嗎？」我激動地說，「我的意思是說，妳並沒有好轉，不是嗎？」

夏洛特嘆了口氣，「我覺得情況沒有惡化，這就是好跡象。」

我雖然心知肚明，但仍然不喜歡這麼說。

夏洛特累了，我們掛了電話。在掛掉電話的瞬間，電話鈴聲又響了起來。

「我是蘿蓓塔。」我說道。

「哦，太好了，我沒打錯電話。」一個陌生的聲音說道，「我是旅行社的瑪琳。」

我太激動了，差點沒拿穩電話，「是妳嗎？」我激動地問。

「妳曾經請我幫你們找那些要去日本或者巴西旅行的人，」瑪琳接著說，「猜猜怎麼了？我找到了要去這些地方的人！」

「太棒了！」我激動地說。我高興地在房間裡手舞足蹈，幸福得有些暈眩。

「首先，我遇到一對要去東京旅遊的老夫婦，他們明天出發，會在一週內回來。他們很樂意幫助妳和妳的朋友，所以等他們回到家的時候，你就有你們想要的土或者水了。」

我欣喜若狂，幾乎說不出話來。在內心深處，我始終沒有真正相信我們會成功，但是現在一切都變得不同了！

「然後，就是巴西了。」瑪琳說，「妳真是太幸運了！昨天有個傢伙預訂了到聖保羅的航班，我猜他可能是因為一個意外的婚禮邀請要去那裡。他週日出發，五天後就會飛回來。」

「那他會帶土或水回來嗎？」我激動地問道，聲音不受控地緊張起來。

「當然。」瑪琳向我保證道。

我高興地跳了起來，那就只剩下南極和塔吉克了。一切都還有機會，然而瑪琳不能再幫我什麼了。

「我試著找到一家有規畫南極行程的旅行社，」她說道，「但好像都是線上預訂的，就跟我說的一樣。這樣就很難聯繫到這些遊客，更別提要他們幫這種不同尋常的忙了。」

「沒關係的。」我說，「不管怎樣，都非常感謝妳！」

跟瑪琳說完，我立刻打電話給艾里克，他跟我一樣興奮雀躍。

「三個地方的土和水都搞定了！」他突然興奮地大聲喊道，「太棒了！」

雖然情況仍讓人憂心忡忡，不能掉以輕心，此時我卻十分高興。

「只要他們別忘記就行。」我說。

「誰呀？」

「就是瑪琳跟我說的那些人啊，他們可能沒意識到帶土或水回來非常非常重要。」

我真希望我們當初沒對瑪琳撒謊，我們不該告訴她帶土和水回來是作為禮物。要是那些人覺得這不過是個玩笑該怎麼辦呢？

「他們一定不會忘記的。」艾里克說道。

我希望他說的是對的，我希望盡快想辦法找到要去南極洲和塔吉克的人。要是我們沒辦法透過旅行社找到的話，一定還有其他地方能幫忙。

但是，我想不出任何其他地方。突然，我想起去旅行社前，艾里克在霍拉蒂奧爺爺那說過的話。霍拉蒂奧爺爺問我們哪裡能找到要旅行的人，艾里克回答說：「機場。」

機場。

「我想到了！」我說，「我知道到哪裡去找人了。」

14

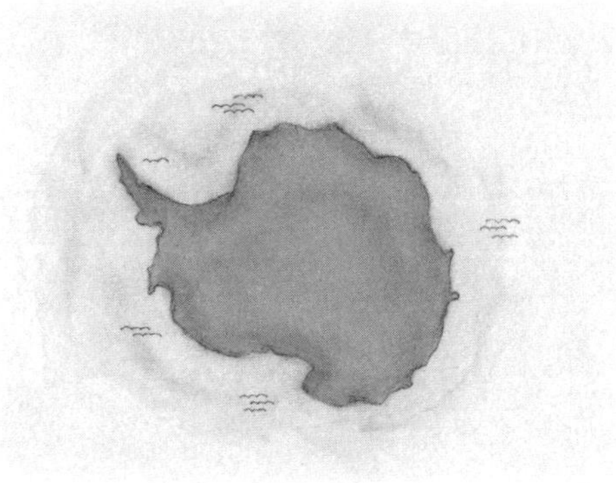

丹麥有一個很大的機場就位於哥本哈根，我和艾里克可以到那裡去尋找旅客啊！

當我想到這一點時，全身一陣激動。我自己從未到過丹麥，艾里克也沒去過。旅程其實並不難，我們需要從克利斯蒂安城搭乘火車，路上只需要一個多小時。外公和外婆給了我一些錢，慶祝學期結束。他們很少來看我們，但是他們總是會送些錢來。這筆錢可以用來支付我的車費，艾里克打算用他父親給他的錢。

我只把我們倆的旅程告訴了一個

人——當然就是霍拉蒂奧爺爺。

「你們想讓我跟你們一起去嗎，蘿蓓塔？」他問道。

我想了一會兒，「我覺得我們可以的。」我回答道。

「我也這麼想。」霍拉蒂奧爺爺說道。

我內心忐忑不安，出發的前一夜幾乎難以入睡。九點鐘時，我們在火車站集合。

「妳離開家的時候，有人問妳要去哪嗎？」艾里克問道。

「沒有人問——家裡沒人。」

「我也是。」

我在餐桌上留了一張便條，說自己到奧胡斯游泳去了，以免有人想知道。工作日的時候，下午五點前爸爸媽媽都不會回家，在那之前，家裡沒人會想起我的。

我們從售票機上買了票，等著一列長長的火車駛入月臺。上車後，我們坐在後面的車廂裡。售票員吹了吹口哨，車門就伴隨著嘶嘶聲關上了。前往機場的火車轟隆隆地載著我們出發了。

我們行駛在前往丹麥的路上，火車每隔一段時間就要停留一會兒，艾里克和我密切關注著到了哪裡，我們可不想錯過了要下車的車站。

距離目的地越近，我們心裡就越緊張，焦躁不安。

好不容易，我們終於到達了。

「凱斯楚普機場到了！」廣播裡通知，「請在行駛方向的左側下車。」

我們急急忙忙下了車。

其他人似乎都清楚地知道自己要去哪裡，艾里克和我卻不一樣。

我看到人們蜂擁著走向自動手扶梯，扶梯緩緩向上，消失在機場中。

我們也匯入了人流，周圍各種各樣的語言混雜——瑞典語、丹麥語、英語，還有很多我聽不懂的其他語言。這些事情我們根本沒料到，我們怎麼跟那些想要接近的人溝通呢？

我感覺自己是這個星球上最愚蠢的人了，我花了太多的時間思考前往丹麥的實際旅程，卻未考慮其他的事情。比如，我們如何找到想要找的旅客。

我們走下自動手扶梯，發現自己進入了一間龐大的候機室。

「這根本就不可能。」我說。

艾里克愣愣地停下了腳步。

「別開玩笑了！」他突然說，「我們一路奔波到這裡，妳說這根本就無法做到！我們計畫這趟旅程好幾天了，現在，我們終於到了這裡，我們至少得試試！」

我感覺滾燙的淚珠從眼中滴滴滑落。事事都如此絕望無助，一切都毀了！艾里克十分生氣，夏洛特也無法獲得新的心臟，至少無法透過許願地球儀獲得新心臟了。那一瞬間，我想要趕快回家，轉身乘坐火車回去，再簡單不過了。

但我想起了夏洛特。她從未到過機場，她的身體從來都不好，哪裡都沒辦法去。我站在機場的人海中四處張望，也許旅客中有人能幫助我們。我到底是怎麼了？

「你說得對極了！」我說道，「我們至少得試試，找一找要去南極洲的人。」

艾里克看起來很高興，「比如說，我們首先從……他開始吧。」他指著一位背著龐大綠色帆布背包的人說。

「好的。」我回答道。

接著，我又有了其他想法。我知道打算搭機前往某地的一些流程：首先，要在登機檯托運行李。凱斯楚普機場有很多裝卸設施，分屬於不同的航空公司。

「或者，我們可以請人幫忙。」我說。

我把艾里克帶到ＳＡＳ公司的一個登機櫃檯前，這是我唯一知道的航空公司。這裡非常繁忙，我們加入了隊伍中。人人都興趣十足地看著我們——我們沒有行李，也沒有大人陪同。保全向著隊伍走來，我的心怦怦跳得越來越快。拜託他千萬別問很多棘手的問題，比如說我們要去哪裡或為什麼單獨兩個人之類的。

「如果我們跟前面的人靠近些，」艾里克在我耳邊輕聲說道，「我們看起來就像是一起的了。」

我們按照他的建議做了。前面的兩個人最初沒來得及做出反應，他們看起來跟我爸媽差不多年紀，那位男士注意到了我們，他朝我們點了點頭，朝著我們微笑，我們也回以微笑。保安向我們的方向瞟了一眼，走了過去。

隊伍緩慢地移動著，讓我覺得快要發瘋了。

「這隊伍怎麼能這麼長呢！」我嘀嘀咕咕地對著艾里克抱怨。

這裡太熱了，我的上衣緊貼在背上。

最後，終於輪到了我們前面兩個人托運行李，保安已經消失不見了。我大氣不敢喘一下，希望能跟那些願意幫助我們的人談一談。

「你好？」輪到我們時，登機櫃後面的女孩問道。

我清了清嗓子，「我們想知道，前往阿根廷的人是不是在這裡托運行李？」我終於問道。

「阿根廷南部。」艾里克補充道。

「是的。阿根廷南部。」

這個女孩看看我又看看艾里克，然後又看看我，「你們到底要去哪裡呢？」她疑惑地問道。

我嘆了口氣，棘手的時刻到了。

「其實，我們沒有要去任何地方。」我平靜地說道。

「我們希望能找到去阿根廷南部的人。」艾里克說道。

「哦……事實上，我們也需要聯繫一些前往南極洲的人。」

女孩搖了搖頭，「我完全聽不懂你們在說什麼。」她看起來並不惱火，只是有些困惑。

我霎時臉紅了。

「我們需要一些來自南極洲的東西，」我解釋道，「我們需要水或者土——但也許那裡根本就沒有土。這些……這是要作為禮物，送給我們病重的朋友。我們沒法自己去把這些東西帶回來，就想著試試找其他會到那地方的人，看看他們願不願意幫忙。」

我們身後的隊伍很長，毫無疑問，他們都在猜測我們在談些什麼——既沒有機票又沒有行李，站在那嘀嘀咕咕。

「好了，」女孩說，「我明白了，但這可不容易啊。我今天上午一大早就開始值班，還沒遇到任何一個要去阿根廷南部的人呢。當然，你們也可以四處問問，反正沒什麼損失。另外，你們不妨去其他航空公司試試，但是……不要抱太大期望。如果想找到合適的人，可能你們得連續幾天到這裡來看看。」

連續幾天？那是不可能的。我們兩個人都沒有足夠的錢再來哥本哈根，我們也不能一再地對父母撒謊。我心頭猛地一緊，看了看艾里克。他看起來也非常著急，實際上是超級著急。我們要是一無所獲地回家會怎麼樣呢？我們要是救不了夏洛特會怎麼樣呢？

接著，她會死去。想到這裡，我的淚水滾滾而下。

「哦，不是的，千萬別著急！」女孩說道，「我很抱歉，我並不是刻薄無情。」

眼淚順著我的臉頰滾滾而下，我迅速擦乾了眼淚。

「如果沒人去阿根廷南部，也不是妳的錯。」我說道。

艾里克也從臉上抹去了些什麼東西，「那有人去塔吉克嗎？」他問道，「有去塔吉克的人在這辦理登機手續嗎？」

「這個恐怕沒有，我們沒有飛往那的航班。」

就在這時，機場的廣播系統傳來通知，首先用一種我們聽不懂的語言廣播，接著是用瑞典語，「哪位乘客將手提箱丟在了女廁，請立即聯繫二樓保全部。」

艾里克抬起頭看著女孩，「那麼，哪間航空公司有飛往塔吉克呢？」他問道。

「那裡有一家土耳其航空公司，他們的登機櫃檯就在那。」女孩指著那家公司的方向說。

又一家航空公司，又要向另一個人講述我們的故事。顯然，這樣的事情似乎要不斷地重複進行。有什麼更快的方式嗎？

廣播裡再次傳來通知，這次是一個孩子跟父母走散了。

我聽著廣播中的消息，突然，有了一個主意。

15

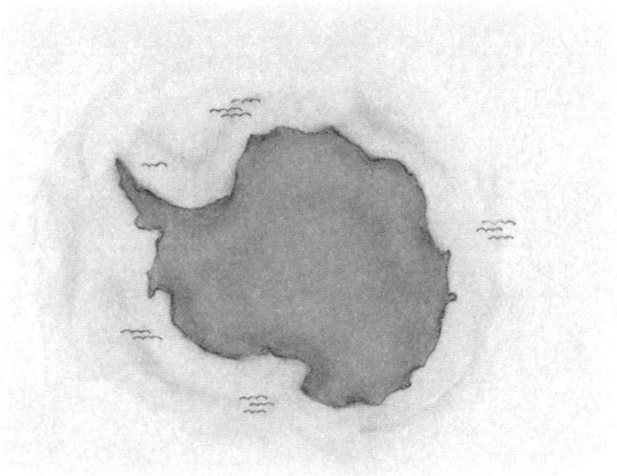

「在廣播中發布通知的人在哪裡？」我問櫃檯後面的女孩。

「沒有特定的人，我們任何一個人都可以廣播。」她答道。

我看了看艾里克，微微笑了一下。剛開始他沒理解，隨後他也笑了。我全身再次興奮起來，身體前傾。

「妳能幫幫我們嗎？」我雙眼泛光地說道，「妳能透過廣播，問問有沒有人要去南極洲或塔吉克嗎？」

她笑了，「我不能——我的意思是我不確定……」

「拜託妳了！」艾里克大聲說道，

「拜託妳了！廣播一次就好！」

「兩次！」我快速地插話道，「把消息廣播兩次吧，以防第一次沒有奏效。」

女孩搖了搖頭，仍然笑咪咪的，「這是個聰明的主意，但還是有點瘋狂。好吧，我試試吧。到那邊小賣店去坐著吧，我會告訴到塔吉克或北極的人過去找你們。」

「非常感謝妳！」我激動地說道，我又快要哭了。

「南極洲，」艾里克糾正道，「不是北極。」

「好的。」

艾里克扯著我的手臂，他急著要到小賣店旁坐著。

「如果沒人來的話，請幫我們再廣播一次吧。」我向這位女孩懇求道。

「我馬上就廣播，我們來看看會發生什麼情況吧。」她盯著我們答道，確保我們在仔細地聽著，「要是沒人來找你們，我會在一個小時或者之後人更多的時候再試一次，希望這樣可以奏效。」

艾里克和我誠摯地感謝了她的幫助，急匆匆地朝椅子走去。

女孩把我們叫了回來，「等一會兒！」

我們趕緊跑了回來。

「怎麼了？」我激動地問道。

「我想到——我可以用瑞典語、丹麥語和英語廣播，但是聽不懂這些語言的人還是沒法了解這則訊息。」

我們點了點頭，表示我們了解，然後朝著椅子走去。

「我們該坐著還是站著呢？」艾里克有些遲疑。

「我要去那裡坐著。」我說，雖然椅子看起來又硬又不舒服。

很快，我們聽到廣播中傳來女孩的聲音：「有哪位旅客要前往南極洲或塔吉克嗎？請聯繫SAS登機檯，我們這裡有兩位小朋友有要事需要請求協助。謝謝。」

我簡直無法相信這是真的，事情就這樣真實地發生了！

我心裡暗暗想著：一切都會好起來的！

艾里克和我繼續向四處看著，左看看、右看看，再望望前面。我覺得人們可能會跑到我們面前。

我們等了又等，但一個人都沒來。

「我們去吃點東西吧，」艾里克建議，「我餓得受不了了。」

我們等了半個小時，一個人都沒來找我們，我的肚子也餓得咕咕叫了。

「好吧。」我同意了。

我們到前面去找登機櫃檯旁的女孩，她承諾我們回來時會再試一次。

「我想要一個漢堡。」我決定了。

「搭配薯條和大杯可樂。」艾里克說。

漢堡店在樓上，我們乘坐自動手扶梯上去，加入了等候的隊伍。

「我想要這些有起司的漢堡。」我指著漢堡說道。

「我想要雙層漢堡。」艾里克說。

過去我和朋友在城裡吃過幾次，那時候我們一起外出購物或去看電影。但是搭火車到另外一個國家吃漢堡又是另外一回事了。很可惜，我們還得保密。我恨不得把這事告訴每一個人！

終於輪到我們了。艾里克首先點餐，接著輪到我。我們坐在角落的一張桌子旁邊，剛要開始吃東西，艾里克突然變得十分僵硬，他的臉色一陣發白，接著又變得很紅。

「哦，不！」他低聲念叨著。

「怎麼了？」

「我爸爸就站在那邊。」他指著看菜單的一個男人說。

艾里克蹲在地板上，躲在一盆龐大的植物旁邊。他爸爸朝我們的方向看了看，我垂下眼睛，吃了一口漢堡。漢堡含在我口中，難以下嚥。我們要是被抓住了該怎麼辦？他會怎麼做呢？如果我爸媽發現了我做的事會怎麼樣？他們肯定會大發雷霆的。

不要過來，不要過來，千萬不要過來啊！我心裡暗暗祈禱。

艾里克的爸爸似乎打不定主意，他又看了看菜單，然後看了看自己的手表。

「他還在那嗎？」艾里克在我旁邊悄聲問道。

「是的。」我稍微側了側身回答道，「他在這裡幹什麼呢？」

「不知道，他經常因公外出。」

「你們就是因為這個原因，彼此不太常見面嗎？」

「是的，他住在斯德哥爾摩。我覺得他可能沒時間見我，他從來不打電話給我。」

「太可惜了。」我說道，不知道自己還能說什麼。

我回頭看是否能看到艾里克的爸爸，他卻消失不見了。我站起來，試圖發現他去哪兒了。他正沿著自動扶梯下樓，離漢堡店越來越遠。

我如釋重負地坐下，「你現在可以出來了。」我對艾里克說道。

他跟我一起坐在桌邊，默默地用一隻手戳著薯條。我這時才意識到，他可能很想跑過去跟自己的爸爸打招呼，但是他不能這麼做，這都是為了保守我們的祕密。這讓我覺得十分愧疚。

「要是你想見他的話，還是可以追上他的。」我說道。

艾里克搖了搖頭，「他要是發現我跟一個朋友跑到哥本哈根來了，一定會大發雷霆的，」他說道，「主要是對媽媽大發雷霆。」

「為什麼會這樣呢？」

「我要是發生什麼事的話，他就會對媽媽發脾氣。我也不知道為什麼——我的意思是，我做自己想做的事情，根本不是媽媽的錯。」

我們默默地吃完了漢堡。

我們乘坐電梯下去，這樣即使艾里克的爸爸回來也看不到我們。當我們走回小賣店旁的椅子時，ＳＡＳ女孩看到了我們，朝我們揮了揮手。

我感到很累很累，有點頭疼，止不住地打哈欠。艾里克繼續惴惴不安地四處張望，但是絲毫不見他父親的身影。接著，登機檯的女孩又廣播了一遍通知，我又振奮起來。

「廣播一條重要消息：有哪位旅客要前往塔吉克或南極洲，請聯繫ＳＡＳ登機檯。謝謝。」

艾里克和我如坐針氈。這次一定要發揮作用啊！一定要，一定要，一定要！

我四處張望著，每個方向都沒錯過。這次要是沒人來的話，我就要發瘋了。

時間一分一秒地過去，什麼都沒有發生。

艾里克嘆了一口氣，靠在椅子上。

「這根本就沒用，」他感嘆道，「太讓人失望了。」

他踢了踢地板上的碎紙片。

我又坐了回去。許願地球儀是我唯一的希望了，我需要特定的土或水才能讓地球儀發揮作用。

夏洛特要是死了，那全都是我的錯，我心裡默默地想著。

就在這時，一個男人走了過來。他瘦瘦高高的，穿著一件褐色夾克。

他看了看我們，皺了皺眉，繼續走了過來。

「是你們要找前往南極洲的人嗎？」他問道。

16

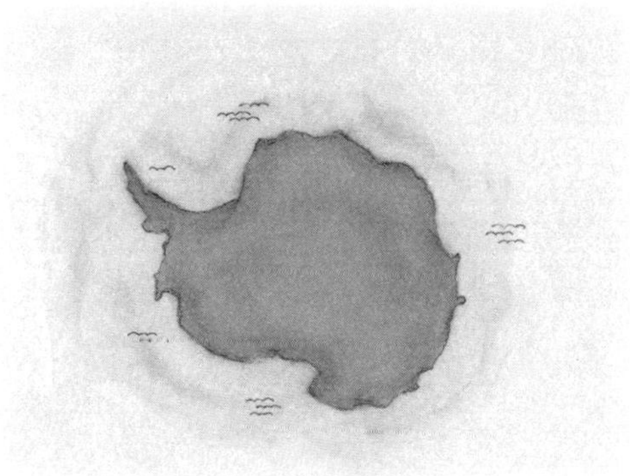

這位男士名叫塞巴斯蒂安，來自瑞典的馬爾默，那裡距離克利斯蒂安城並不遠，他當天就要到南極洲去。

「我要去測量冰層，」他解釋道，「我們想知道冰層的厚度，以及在南極的分布情況。」

艾里克和我嗖地站了起來。

「非常感謝您能幫助我們。」我說道，馬上笑開如花。

塞巴斯蒂安聳了聳肩，「你們還沒告訴我需要幫什麼忙呢。」他說。

我打開自己的帆布包，拿出在廚房找到的塑膠容器。

「我們需要來自南極洲的土或水。」我解釋道。

塞巴斯蒂安看起來很驚訝，「哦，土可能很難找到，但是水就簡單多了。」

他拿起容器。

「重要的是，這水要來自南極洲而不是其他地方。」艾里克說道。

「當然了，我不可能給你其他東西的，一定是純正的南極洲水。」塞巴斯蒂安保證道。

「好的。」我說。

接下來，事情卻變得越來越複雜——塞巴斯蒂安希望了解如何把水給我們。

「寄給我們。」我說。

塞巴斯蒂安似乎有些遲疑，「但要是包裹損壞了怎麼辦呢？你們就會失去水了。我可不信任郵寄方式。」

三個人想了一會兒。

「那你什麼時候回來呢？」艾里克問道。

「三個星期後。」

我禁不住心頭一緊。三個星期，對於夏洛特來說，這段時間太漫長了。

塞巴斯蒂安注意到了我的反應，「聽我說，非常抱歉，但我實在想不到辦法更快地把水送回來了。」

艾里克用手拉住我的手臂。

「我確定，三週可以的。」他說道。

我點了點頭，一定可以。

「你回來的時候可以打個電話給我們好嗎？」艾里克問道，「那樣，我們就能到馬爾默去取水——我們可以在火車站見面嗎？」

「好主意！」塞巴斯蒂安說道，「我一到家馬上打電話給你們。」

接著，我們就揮手告別了。

艾里克和我又坐下了，他高興到不行，「我們很幸運吧？」他說。

我同意他的看法。可以說是超級幸運，也可以說不幸，因為我們還沒找到要去塔吉克的人，我們也不知道塞巴斯蒂安是否能及時帶水回來。

艾里克打了個哈欠，伸了伸懶腰，「妳覺得我們現在應該回家嗎？」

「我覺得該回去了。」

我們又返回月臺去等車。前往克利斯蒂安城的火車十五分鐘後到達，這次我們在車廂中間找到了座位。

「我們怎樣才能找到要去塔吉克的人呢？」我默默地想著，從帆布背包裡拿出一顆蘋果。艾里克拿出了一瓶水。

「塔吉克。」我說。

「我知道。當然，必須有生活在克利斯蒂安城的人從那裡回來！」

「我們不認識這樣的人。」

「那又怎樣呢？」艾里克問道，「我們以前也不認識塞巴斯蒂安呢。」

我四處張望了一下。火車上很多人看似都是從瑞典以外的國家來的，或者他們的父母是外國人。但是，我可不想來回走動著詢問他們，他們可能不想說自己來自哪裡。

艾里克咧嘴笑了，「我們可以請列車長廣播一則通知，」他說道，「就像登機檯那個女孩那樣。」

我咯咯傻笑著，「好的，輪到你去問了——上次可是我去問的。」

所以，列車長一出現，他就走上前去問了。很不幸，列車長可不像機場那個女孩那麼和善。

「什麼？」他突然大聲說道，「這是我聽過最愚蠢的事情了！」

「請你幫幫我們吧，」我懇求道，「這對我們真的很重要！」

「真讓人難以相信。」

「這件事，事關生死。」艾里克大聲說道。

「噓！」過道另一邊的女士發出警示的噓聲，「你們冷靜點！」

艾里克重重地坐在椅子上，真正地大吃一驚。我一個字都說不出口。列車長嘟嘟囔囔地說了些什麼，繼續向前走去。艾里克目不轉睛地盯了他很長時間，然後小聲說道：「我想要找到麥克風放的地方。」

「什麼麥克風？」我小聲問道。

「當然是列車長用的麥克風了，就是廣播通知用的麥克風。」

當然了。

「我能跟你一起去嗎？」

「我覺得要是我們一起消失了，可能會讓人起疑心，最好我一個人去。」

他站起來，朝著跟列車長相反的方向走去。過道另一側的女士看著他走遠，臉上露出厭惡的表情。

「他到廁所去了。」我說道。

她甚至不屑於搭理我。

我等了很久很久，廣播裡什麼聲音都沒有。艾里克再次出現了。

「我找到地方了，但是上了鎖。」他有點失望地告訴我說，「門上有個小窗戶，我能看到麥克風，但是進不去。」

他在我身邊坐下。我吃著自己的蘋果，他則喝著自己的水。

現在只剩下塔吉克了。

「我們一定可以解決這個問題。」

我們必須做到。

17

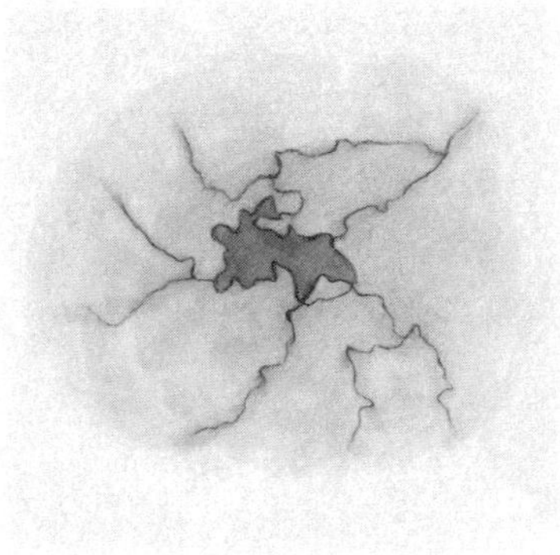

回到家時，沒人問我剛才去哪裡了。他們已經知道了，或者他們認為自己知道了。

「妳在奧胡斯玩得開心嗎？」媽媽一邊撫摸著我的頭髮，一邊問道。

「那裡很棒。」

她看上去很驚訝，輕輕地拍了拍我的頭髮，「妳去游泳了嗎？」她問道。

我游泳的時候頭髮總是捲曲的。真是個白癡——我竟然沒有想到這一點。我可以輕鬆地把頭髮紮成馬尾或者編成辮子啊。

「太冷了。」我說道。

然後我們一起吃晚飯，一切一如既往。第二天是如此，第三天也是如此。只有霍拉蒂奧爺爺知道我們曾經去了哪裡。

幾天之後，我去看他。

「事情進行得怎麼樣？」

「還不錯。」我說道，「我們找到一個去南極的人，但是還沒找到去塔吉克的人。」

霍拉蒂奧爺爺摸了摸鬍子，「真是遺憾啊。」

「是的。」我說道。

但時間一分一秒地流逝，更是讓人遺憾啊。我一直認為，可怕的事情都會很快發生，就像電影裡一樣，但顯然在現實中並非如此。現實總會一拖再拖。在夏洛特精神不錯的時候我都會去看她，而其他的時間我都會待在家裡。儘管我多麼希望是醫生們錯了，但夏洛特的情況並沒有好轉，相反地，她的病情在不斷惡化。

爸媽不停地對我說，我應該和其他朋友在一起。

但我不想這樣。我的意思是，我有時也很樂意去見艾里克，但是感覺有點奇怪，我們都在等待，等待來自日本和巴西甚至來自南極的土或水。

爸爸並沒有取消我們去紐約的行程，但是我一點都不想去。如果夏洛特的情況變得更糟了怎麼辦？或者換了一顆新的心臟呢？那樣的話，我只想待在家裡。但是媽媽和爸爸不想知道。

「不要想了，妳得離開這裡，想想別的事情。」爸爸說道，「我們都要去。」

「我可以跟霍拉蒂奧爺爺待在一起。」

「絕對不行。」媽媽說道。

我把自己關在房間裡，整個晚上都拒絕出來。這是我整個人生中最糟糕的暑假了。

「妳該去。」艾里克耐心地聽著。我們在他家裡下棋，但如果我腦子裡還有別的事情，我忍不住要說出來。

「你認為她什麼時候會打電話給我們？」我激動地問道。

「誰呀？」

「旅行社的瑪琳。她說過，那些人從日本和巴西回來後，她會打電話的。」

「我相信她很快就會打來的。」

我一點也不確定。我把那些日期都標在日曆上了，從她打電話說已經找到能夠幫助我們的旅行者到現在，已經差不多兩週了。他們現在應該已經到家了。事實上，幾天前就應該到了。

「要是他們把這件事全忘了呢？」我喃喃道。

艾里克盯著棋盤，什麼也沒說。我回想起當我說「我要放棄」的時候，他穿梭在機場的樣子。

「話說回來，也許他們只是很忙。」我說，「我們沒有告訴瑪琳這件事很緊急。」

艾里克抬起頭，「如果妳擔心，我們可以騎車去旅行社看看究竟發生了什麼事。」他說。

這真是個絕妙的主意。

「也許打個電話就可以了，」我建議道，「那樣就不用騎車過去了。」

但是，這行不通。有個男人接了電話，他對從日本和巴西旅行回來的遊客一無所知，而且他的同事瑪琳現在也不在辦公室。

「我們去那裡等她吧。」我掛掉電話時，艾里克說道。

就這麼做吧！

我們到的時候，瑪琳已經在那裡了，這讓我感到輕鬆，我們不必再等待了。

「你們打電話來的時候，我去吃午餐了。」她解釋道，「我沒有把為妳朋友準備禮物的事情告訴其他人。」

禮物也就是我們說的土或水。

「他們回來了嗎？」我好奇地問道。

瑪琳微笑道：「他們應該已經回來了，但是他們沒有聯繫過我。你們想要我打電話詢問一下他們是否帶回了土或水嗎？」

我緊張地說不出話來，只能點頭——如果他們沒有忘記答應的事情，如果他們沒有覺得這是個玩笑。

我和艾里克坐了下來，瑪琳去打電話。她說話的聲音很輕而且背對著我們，我們聽不到她在說什麼。我焦慮不安，開始翻閱一本旅行手冊。

「妳什麼時候去紐約？」艾里克問道。

「下週二。」

「妳要去多久？」

「一週。」

我不想提及這次旅行，我對他們不讓我待在家裡感到很生氣。一個星期，對於離開夏洛特而言太長了，她會變得更加蒼白，甚至更加疲憊。

艾里克知道我在想什麼，想讓我高興起來，「一週不會發生什麼事的。」他說道，儘管他看起來也不相信自己所說的這些話。七天可能會是一場災難。

「我們還剩下塔吉克。」我說道，「如果我們沒有得到那裡的土或水，那……」

我甚至無法說完這句話。

最終，瑪琳微笑著轉過身來。

「一切都很順利！」她說道，「你們會擁有來自日本的水和來自巴西的土。他們明天都會過來這裡。」

艾里克和我歡呼起來。

我們向願望成真又邁進了兩步。畢竟，夏洛特可能會很開心地度過她的九十歲生日。

那天晚上，除了塔吉克，我什麼都想不起來。如果有塔吉克人住在瑞典，那他們一定會在什麼時間回家吧？問題是，我去哪裡能找到他們呢？顯然不是在哥本哈根機場，也許在克利斯蒂安城有一些塔吉克族的社區？我在網上搜索了一下，但是什麼都沒找到。

我臥室的門被敲響了。

「請進！」

是希歐多爾。在過去這些天裡，很難見到他。

「所以……我的朋友亨瑞克今天告訴了我一件不可思議的事情。」他開口說道。

「怎麼了……」我問。我甚至都不知道亨瑞克是誰。

「他說上星期在去哥本哈根的火車上看到妳了。」

我心跳加速。

「這也太白癡了，」我說道，試圖擠出一絲笑容，「我上週根本沒坐過火車。」

「亨瑞克聽起來非常肯定。」

「那我就愛莫能助了。」

短暫的沉默之後，希歐多爾說：「妳不會離家出走吧？」

我忍不住大笑了起來，但是很快就停住了，因為希歐多爾看起來很擔心。

「別傻了，我當然不會離家出走。」我說道。

希歐多爾倒退了一步，「如果妳需要幫助，請告訴我。」他說。

從來不想為我做任何事的希歐多爾轉身準備離開我的房間。

「你認識來自塔吉克的人嗎？」我激動地問道，「或者要去那裡的人。」我也只是想碰碰運氣。

希歐多爾看著我，就像我是來自外太空的外星人剛剛在房間裡著陸。

「什麼？不，我不認識那些人。妳為什麼要問我這個？」

我的臉頰燒了起來，「這是送給夏洛特的禮物。我需要一些來自塔吉克的東西。」

希歐多爾向我微笑著——我都不記得他上次這樣笑是什麼時候了。

「好吧，我看看我能做什麼。」他說，「我有個朋友也許能幫助妳。」

「太好了！請盡快，非常……緊急。」

希歐多爾的表情變得嚴肅，「我知道。」他說。

18

週一來了，明天我們就要出發去紐約了。我去看了夏洛特，並跟她道別。她很累而且背很痛。我告訴了她事情的進展，關於來自日本的水和巴西的土的事。在這之前，她已經知道了以色列的進展。

現在我的書桌抽屜裡有三個小玻璃罐，塞巴斯蒂安很快就會帶著南極的水回來。

「現在只剩下塔吉克了，」我說道，「那應該不會太難。」

夏洛特沒有說太多話，但是她一直認真地聽著。她沒有注意到我在塔吉克的事情上撒了謊。

她媽媽走進了房間，「親愛的，我有沒有告訴過妳，我非常高興我們能認識妳？」她邊說邊給了我一個大大的擁抱。

她曾經告訴過我的，非常多次。

她在夏洛特的床頭櫃上放了一堆書。

「妳一定很期待妳那激動人心的旅行吧？」她說。

我告訴她，我不喜歡在夏洛特的狀況如此糟糕的時候離開，一點都不喜歡。

「妳不應該那麼想的，蘿蓓塔，」她說道，「想想，去美國玩該多有趣啊。」

「每個人都說每年這個時候那裡都很熱。」我說。

「我相信那裡一定會很棒的。」

「相比炎熱，我更喜歡冷一點。」我說。

這時，夏洛特從床上坐了起來。

「我也想去紐約。」她堅定地說道。

我為自己感到羞愧。夏洛特想去卻因為身體去不了，我身體健康，卻想待在家裡。

「一週會很快過去的。」她媽媽說道，「去吧，去享受一段美妙的時光。」

她在笑，但是我可以看出來，她快要哭了。一週對夏洛特而言，可能就是永遠了。這就是我不想去的原因。

我擁抱了夏洛特和她的媽媽，然後回家了。我開始收拾行李，整理一大堆東西，但是在這之前，我想瀏覽一下那些我沒看過的報紙。尋找土和水占據了我太多的時間，以至於我幾乎停止了在報紙上和網路上尋找新心臟的行動。這件事似乎非常困難，如果醫院都找不到，那我又怎麼能找到呢？

霍拉蒂奧爺爺過來送行，接著是艾里克。媽媽見到艾里克很高興，她很擔心我沒有足夠多的朋友。

「你們從哪裡起飛？」霍拉蒂奧爺爺問道。

「哥本哈根。」媽媽說道。

「不錯的機場。蘿蓓塔也知道這個地方周邊的路線。」他一邊說，一邊向我眨眨眼。我必須咬緊嘴脣，以免自己忍不住笑出來。

「我不懂這句話的意思。」媽媽說，「為什麼蘿蓓塔會知道哥本哈根機場附近的路線？再說，我們是從那裡飛過幾次——但在過去的幾年裡都沒有再從那裡飛過啊。」

「我開玩笑呢。」霍拉蒂奧爺爺安撫媽媽。

媽媽搖了搖頭。希歐多爾意味深長地看著我，但是什麼都沒有說。

艾里克和我去我的房間聊天，我們說起了關於塔吉克的事情。

「在妳離開的這段時間，我會去鎮上向別人多打聽的。」他說道。

「問他們什麼呢？他們是否來自塔吉克？」

「嗯，是的。」

我也沒有比這更好的想法了。

「我也許能在紐約遇到來自塔吉克的人。」

「有可能。」

艾里克把手伸進口袋，掏出一張五十克朗的鈔票。

「我一直在想，」他說，「也許我應該買下這個許願地球儀一半的所有權，妳一離開就帶走了一切。」

我看了看地球儀，又看看艾里克。地球儀是我的，不是他的。

「我不確定。」我說。

「妳仔細想想，妳不能帶著地球儀去紐約。如果算上很快就會到的南極的水，我們就已經收集到了四罐土或水。萬一在妳離開的這段時間我找到了來自塔吉克的水或者土怎麼辦？在妳回來之前我們仍然沒有辦法許願，因為只有地球儀的主人才能做這件事。」

「我一週後就會回來的。」

我不知道自己為什麼會那麼說。艾里克是對的，夏洛特的病已經非常、非常嚴重了，比之前任何階段都要嚴重。她病得很厲害，護士每天都要去她家，我們越快使用許願地球儀越好。

我考慮了好一會兒，「好吧，」我最終說道，「你可以買下一半的許願地球儀，並且在我離開的這段時間內照看它。但是，當我回來後……」

「妳想把地球儀要回去——沒問題，我理解的。」

這是艾里克的優點之一，他真的非常善解人意，不用我解釋一大堆東西。

「好了。」他邊說邊把鈔票遞給我。我把鈔票放到我的錢包裡，把地球儀的箱子找出來，把地球儀和玻璃罐子放到裡面。艾里克把箱子搬到了走廊。他可能就是完成我們任務的人——把土和水轉移到罐子裡，許下我們的願望，然後把盒子放在一個黑暗的房間裡過夜。

之後，艾里克和霍拉蒂奧爺爺都回家去了。

「試著找點樂子吧。」霍拉蒂奧爺爺緊緊擁抱了我一下。

我答應會試試。

我和艾里克也彼此擁抱了一下。

「妳回來的時候再見。」他說道。

「嗯。」

我並不想看到艾里克離去。如果能在我離開前許願，我會感覺好一點。現在，時間匆匆流逝，我也不能保證艾里克或者我能有辦法收集到來自塔吉克的土或水，至少在我回家之前很難做到。

艾里克在門口轉過身來，夕陽就在他身後，照亮了他整個身體——整個艾里克和他的一隻手臂。

「你不能現在告訴我嗎？」我激動地問道，「你的手臂是怎麼回事？」

他微笑著，「妳也還沒有告訴我妳在蒂沃利公園畫什麼呢，」他說道，「在拍賣會後我們再次見面的時候。」

我環視了一下周圍，只有我們兩個人。

「我是在畫一幅畫，參加我告訴過你的那個比賽。」我平靜地說。

艾里克笑了。

「該你了。」我說道。

他聳了聳肩，「那裡從來就沒有過。」

「你從來就沒有另一隻手臂嗎？」

他搖了搖頭，「沒有。」

「你不能用塑膠手臂來代替嗎？」

「一個義肢？算了，謝謝。我試過，但那不是我的東西。」

然後，我想到了一些事情想問一問他，「你是怎麼知道許願地球儀不是一個普通地球儀的呢？」

艾里克笑了，「我聽到妳爺爺告訴妳地球儀的事情了。這就是為什麼我想買它的原因，但是妳比我有錢。」

我對他報以微笑。這時媽媽叫我了，艾里克也該回家了。

「我相信一切都會好起來的，」他說，「包括夏洛特。」

我不再微笑，而是努力讓自己看起來很高興，可能他只是想表現得友善些。

「也許吧。」我說道。

艾里克轉過身，面朝太陽，然後又看了看我。

「一定會的，」他說道，「一定會好起來的。」

然後，他走下臺階，慢慢地走遠了。

19

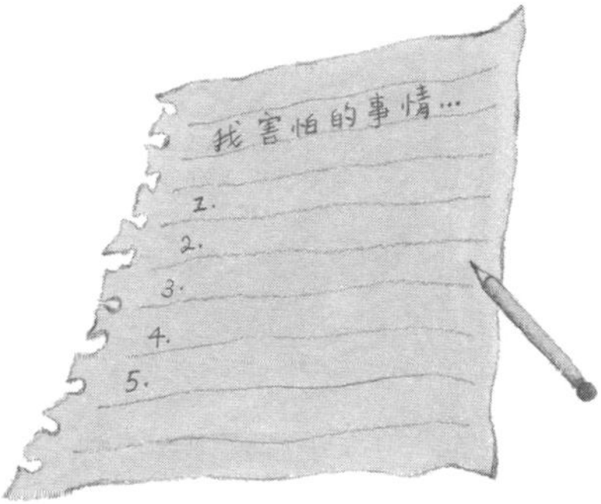

那天晚上我睡得不太好，做了惡夢，晚上醒了好幾次。在我的夢裡，夏洛特呼喚著我，告訴我快點。

媽媽在七點鐘叫醒了我，我又熱又累。

「我們一小時後出發。」她說。

她看起來也沒有睡好。她很煩躁，她的聲音聽起來很刺耳——這是她感到有壓力時的樣子。

希歐多爾和我一起吃了早餐。

「媽媽怎麼了？」我好奇地問道。

「管這個幹嘛，跟妳沒有關係。」

他顯然又回到了過去的那種自私

和乖戾的狀態，這更讓我感到好奇。他知道媽媽為什麼這麼緊張嗎？如果他知道，為什麼不告訴我呢？

爸爸來到廚房，他的行為也跟往常不大一樣——他幾乎沒看我和希歐多爾，倒咖啡時，熱氣隨之溢出。他端著杯子，一句話也沒說就走了。

我穿好衣服，收拾好行李，媽媽和爸爸把行李裝進車裡。他們沒有說話，只是把一個又一個箱子塞進後車廂。我看了一眼夏洛特的家，好像看到一個人在窗邊移動。

我的心臟猛地跳動了一下。如果他們已經起床了，也許我可以過去拜訪一下，再次告別。

在我要出發的時候，媽媽攔住了我，「妳要去哪裡？」

「我只是想去跟夏洛特說再見。」

「絕對不行。」爸爸說道，「妳昨天已經去過了，那就足夠了。他們可能還在睡覺。」

「不，他們起床了，我看到人了。」我說道。

媽媽和爸爸互相望著對方。我應該注意到這一點的——不是他們互相看著彼此，而是他們望著彼此的眼神。我應該在他們不讓我去看夏洛特的時候就意識到有些地方不對勁了，但我當時並沒有發現。我耐心地等待著，直到坐上車去了機場。

我們的航班是在午餐時間起飛的。我們的票搞混了，媽媽、爸爸和希歐多爾坐在一起，而我的座位比他們靠前兩排。

希歐多爾咧嘴一笑，「幸運的蘿蓓塔，」他說，「她不需要和世界上最無聊的父母坐在一起。」

媽媽提出要跟我交換座位，但我覺得沒有任何必要，我自己坐也很開心。

這次飛行需要七個多小時。我曾經坐過長途飛機，我知道整個流程是怎樣的。首先，會給你點飲料，然後可以吃些東西，之後你可以看一兩部電影，再之後就可以睡一會兒，然後就抵達目的地了。

至少以往的飛行都是如此，但這次不是。我坐在艾斯彭身邊，跟他聊了很多，我幾乎都沒注意到我在做什麼。艾斯彭來自丹麥，他是一位牧師，他的教堂位於哥本哈根的中心。最開始，我並不喜歡他牧師這個身分，這很容易讓我聯想到死亡和喪禮，我和夏洛特的死亡清單還在我的素描本裡。但是後來我注意到，艾斯彭似乎對死亡沒有任何興趣。他談到了許多其他的事情——他在洗禮時命名的嬰兒、他在旅途中遇到的人等等。簡直不敢相信他曾去過那麼多地方，幾乎比霍拉蒂奧爺爺還要多。

「每個地方都需要牧師，」艾斯彭說，「這就是為什麼這是世界上最棒的工作。」

從他的口音可以聽出他來自丹麥，但他在瑞典待了那麼長時間，瑞典語也很完美。

「那你只是因為工作而旅行嗎？」我問他。

就像艾里克的父親那樣，他也是因為工作到處飛。

「都有吧，」艾斯彭回答道，「有時候因為工作需要，會經常去一些可怕的地方，比如有戰爭的地方。教會喜歡在任何可能的情況下幫助困難的人，沒有什麼比戰爭更困難的了。」

我又想到了死亡清單，人們的死因各式各樣，我從讀過的報紙上了解過這一點。戰爭奪走了許多人的生命，就像某些疾病一樣。很難說哪一種最壞。

「我有一個朋友，」我說道，「她住在瑞典，不必因為戰爭而受苦。但是，她需要一顆新的心臟。那真是太糟糕了。」

一位空服員給了艾斯彭一杯咖啡，他喝了一小口。

「聽到妳有個朋友病得很重，我很難過。」他說。

我點了點頭，「這太可怕了。我到處都找遍了，似乎哪裡都沒有多餘的心臟，沒有一顆跟夏洛特相匹配的心臟。」

我深吸了一口氣，覺得自己好像不得不繼續說下去，「她一直病著。我們小的時候我並沒有多想，但現在她的情況真的很糟糕。她大部分時間都在沉睡，然後就是無盡的等待。她上學期落後了很多功課進度，如果她的情況不能好轉的話，她可能秋季這學期也沒辦法回到學校。」

直到這時，我才真正意識到——暑假過後，我可能要在沒有夏洛特的情況下自己去上學了。

「許多有心臟問題的人都完全康復了，」艾斯彭平靜地說，「夏洛特也會好起來的。」

「但那意味著其他人得先死去，」我低聲說，「那樣她才會有一顆新的心臟。」

我們默默地坐了一會兒。我想到了死亡清單和我們討論過的一切。夏洛特曾經提到過醫院裡的一位牧師，但是我並沒有見過他，我還有很多事要考慮。

「你在喪禮上做過牧師嗎？」我好奇地問道。

「做過很多次。這是我工作的一部分，就像每位牧師一樣。」

我在椅子上坐立不安，問他：「你埋葬過很多孩子嗎？」

「不，很少。當你還是個孩子的時候，死去的情況並不常見。事實上，當你到了我或者你父母這個年紀，去世也並不常見，大多數丹麥人和瑞典人去世時都很老。」

這一切真是太不公平了，每個人都覺得孩子不該死去嗎？

「妳看起來很生氣。」艾斯彭說。

「我確實很生氣！事實上，無論什麼人隨時都可能死去——這太不公平了！」

艾斯彭聽完我說的話，想了很久。

「是什麼讓我們如此恐懼死亡？」他終於說話了，「我從妳那裡聽到的不僅僅是憤怒，還有恐懼，就像我一樣。」

「你？」我感到很驚訝。

「當然了，幾乎所有人都害怕死亡。」

我轉過身看了一眼媽媽和爸爸，「我爸媽不怕。」

艾斯彭笑了出來，「妳知道的，他們也是害怕的。我保證。」

我沉思了一會兒，然後下了決心，從帆布背包裡拿出我的素描本。

「這是我們的死亡清單，夏洛特和我的。」我說道，「你想看看嗎？」

艾斯彭仔細閱讀了這份清單。我也重新讀了一遍，我幾乎忘了上面都寫了些什麼。

蘿蓓塔和夏洛特的死亡清單——為什麼死亡那麼可怕

因為它會持續很長時間。

因為我們很可能會在死後被人忘記。

因為你的父母和其他的許多人都會真的、真的很傷心。

因為死亡可能會很痛。

因為我們不知道那之後會發生什麼。

因為死亡會隨時來臨。

「我覺得這可能是我見過的最好的死亡清單。」艾斯彭說。

我坐直身體，感到有點自豪。

「我特別喜歡這一條，」他一邊說一邊指向第一條，然後，把手指移到清單上的倒數第二項，「我們不知道死後會發生什麼，但是我們大多數人都不相信鬼魂。我們只是假設死者死去後我們就再也見不到他們了，至少在我們死之前不會再見到了。」

對此，我表示懷疑。

「你真的相信嗎？我們會在死後見到那些死去的人嗎？」我問道。

「我不能確定，」艾斯彭說道，「但我是一名牧師，我們的信仰告訴我們，有一個地方，所有的死者都會在那裡團聚。」

「在天堂。」

「是的，有些人這麼稱呼那個地方。」

「還有地獄。」我繼續說，「所有可怕的人都到那裡去了。」

「對此我有不同的看法。」艾斯彭笑著說道。

「你不相信有地獄嗎？」

「我認為這聽起來很苛刻。誰能決定哪些是壞人，哪些又是好人呢？」

這是個很好的問題。我覺得地獄可能就不存在，這樣我就不用擔心我喜歡的人在生命結束後會出現在那裡。

艾斯彭指著清單的第二行，「關於被遺忘的事情，我真的不擔心這一點。」

我艱難地嚥了口唾沫，「如果你什麼都沒做，沒人會記得你的。」我說，「大家都記得阿斯緹．林格倫，因為她寫了很多書。但是，如果夏洛特死了，她沒有時間去做任何事情，她死後什麼都不會留下，除了她的那些畫。」

艾斯彭皺著眉頭，「阿斯緹．林格倫？妳為什麼把夏洛特與瑞典有史以來最有名的人進行比較呢？」

「我……呃……」

「當然最重要的事情並不是讓全世界在你死後記住你，重要的是那些了解你的人會記住你。相信我，他們一定會記得你！我從來沒有遇到什麼人會在失去自己的孩子或者自己最好的朋友後就遺忘了這個人的，這不會發生的。」

「太好了。」我低聲說。我都快要哭出來了。

艾斯彭還沒說完，「這一條，死亡可能會很痛。好吧，如果死於意外，可能真的會很痛；但如果死在醫院裡，醫生會盡可能地讓你減少痛苦的。」

我再也憋不住了。我鬆了一口氣，哭了起來。

我拿出筆，開始寫另一張清單——

地獄可能並不存在。

死亡也不會痛。

而且，你也不會只因為不在了就被遺忘。

「很好。」艾斯彭說。

「好的。」我說。

之後一段時間，我們什麼也沒說。我仍然討厭死亡，但對它不再那麼恐懼了。

20

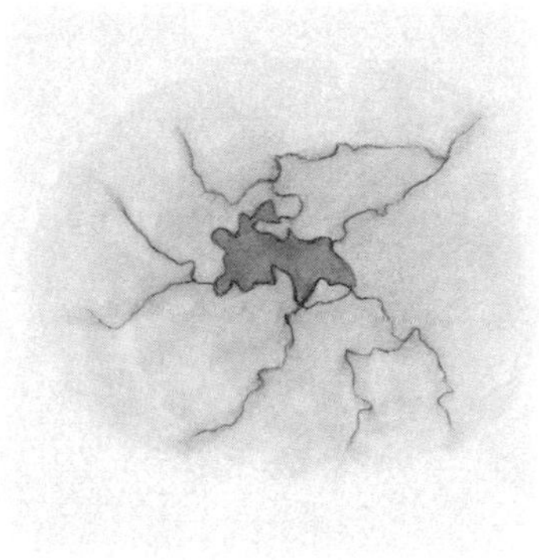

你一定無法相信當時紐約有多熱！我們走出機場候機室時，感覺就像吹風機直吹著我們的臉。

「感覺像在三溫暖。」爸爸說。

「完美！」媽媽說，「終於我們度假時沒下雨！」

爸爸去找計程車的時候，我跟艾斯彭道了別。

「希望妳的朋友會好起來。」艾斯彭說。

「我也希望如此。」

我並未告訴他地球儀的事情，但我現在希望告訴他了。艾斯彭在世界各地穿梭，也許他去過塔吉克呢，我想問問他。

「不知道你認不認識什麼人最近要去塔吉克的？」

他笑著問：「為什麼問這個啊？」

「我需要一些那裡的東西，用來準備給夏洛特的禮物。」

「妳到底需要什麼？」

「土或者水。」

艾斯彭笑了笑，轉向我媽媽，她並沒有聽到我們的交談。

「接下來這幾天，妳能否把蘿蓓塔帶到這個地址？」他邊說邊遞給媽媽一張卡片。

她顯得很驚訝，「丹麥海員教堂。」她唸道。

「我今年夏天會在那邊擔任牧師，」艾斯彭解釋道，「教堂裡有些東西是蘿蓓塔真的很想擁有的。」

我覺得自己幾乎停止了呼吸。那一瞬間，彷彿一切都凍結了。紐約丹麥海員教堂裡會不會有來自塔吉克的土或者水呢？如果沒有，那他這樣是為什麼呢？

我還沒有想明白，艾斯彭就已經要坐進接他的轎車裡了，車身上有丹麥的國旗。

「我們一定會去的。」媽媽沒怎麼考慮就答應了，「明天或者後天。」艾斯彭揮手告別，坐車離開了。我揮著手，直到再也看不到那輛車。

在旅館希歐多爾和我住同一個房間。小時候我們會和爸爸媽媽一起住，但是現在我們長大了，不需要那樣了。這也不錯，除了希歐多爾的壞情緒。

「為什麼我們有一對這麼瘋狂的父母呢？」他說，「仲夏時節到紐約來，真令人難以置信。」

這是我們在紐約的第一夜。我們去散散步，在餐廳裡吃了晚餐，就差不多到了睡覺的時間。

我是這個世界上最幸福的人，我最偉大的願望就要實現了。我可能要得到來自塔吉克的土或水了。這一刻，我愛上了紐約。

「我說得對嗎？」希歐多爾繼續說，「再去一次我們去年去的那個地方不是更好嗎？」

他說的是馬略卡島。那時我們住在一家豪華酒店裡，吃著美味的食物，每天都可以去游泳。

我搖了搖頭，「我喜歡紐約。事實上，我愛上了這個地方！」這裡到處都是人，這裡的汽車和建築都是我見過最大的。總有事情發生，那才是最吸引我的，當然最好的事情是艾斯彭和他的海員教堂。

希歐多爾看著我，「妳是在忙什麼事情吧。」

「忙什麼事情？我？沒有，我沒忙什麼。」

「不，妳一定有什麼事。」希歐多爾說，「我覺得我朋友亨瑞克肯定沒搞錯，妳確實在去哥本哈根的火車上出現過。」

我打開我的行李箱，拿出睡衣、盥洗包。

「沒有，那不是我。」我堅持道。

「那我們去丹麥海員教堂收集什麼啊？我聽到那個人跟媽媽說的了。」

「一樣東西。」我平靜地說。

我希望自己相信希歐多爾可以保守祕密，但是我做不到。

我們都很累，也許正因如此，他沒有再追問火車和教堂的事。我躺在床上讀了會兒書，然後關掉了燈。幾分鐘後，希歐多爾也關掉了他那邊的燈。

我回想著今天做的每件事：飛到美國，遇見艾斯彭，在餐廳吃飯，然後又回想起今天早晨。媽媽和爸爸多奇怪啊！

「希歐多爾？」

「嗯。」

「你知道今天早上爸媽怎麼了嗎？」

「不知道。」

「真的不知道嗎？」

「真的。快點睡覺吧。」

「他們不讓我去見夏洛特。」

我不明白為什麼，這讓我很擔心，儘管我對其他事情都感到高興。

「我認為夏洛特一家還在睡覺。」希歐多爾說。

「不，他們沒有。」

「蘿蓓塔？」

「怎麼了？」

「快睡吧，我們明天要去那個教堂呢。要是媽媽忘記了或者不想去，我會陪妳去的。」

我一會兒便睡著了，我覺得睡得很好。

21

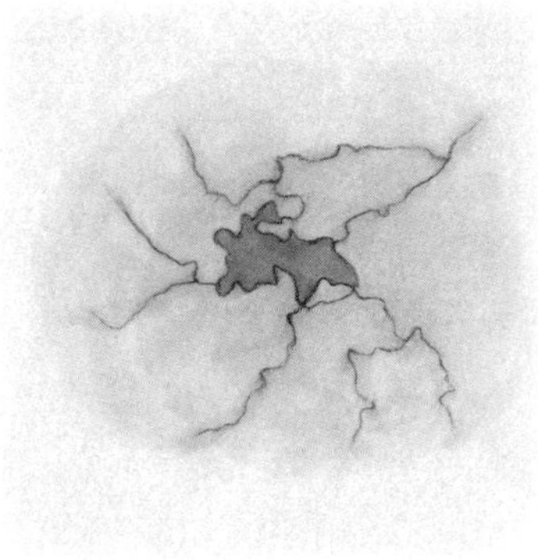

「妳今天想做點什麼？」爸爸問。

這是我們在紐約的第一個早晨，早餐吃的是楓糖漿鬆餅。希歐多爾和我都知道問那個問題只是浪費時間——媽媽和爸爸其實已經決定好了今天要去做什麼，他們行事風格一向如此。

「今天我們想去丹麥海員教堂。」我說。

媽媽看著我，「我們一定要今天去嗎？不能明天再去嗎？」

「你們在說什麼？」爸爸煩躁地問，顯然這件事不是他計畫的一部分。

媽媽很快做出了解釋。爸爸坐在那裡，充滿疑問。

「我不明白。」他對我說，「妳想從海員教堂裡收集什麼？」

「一些給夏洛特的東西。」我小聲說。

我提到夏洛特的名字時，大家都沉默了下來，希歐多爾起身去拿果汁。

「那樣的話，我們今天就得去了。」媽媽說。

「我們不能明天去嗎？」爸爸問，「不然我們就沒時間去做今天安排好的事情了。」

我想起艾斯彭說的是我們在接下來的幾天可以去教堂，那樣的話，明天去也是可以的。問題是我幾乎被好奇心吞噬了，迫切地想知道艾斯彭是什麼意思。聽起來好像教堂裡可能有來自塔吉克的土或者水，但是我不確定自己理解得對不對。

「好吧，」我說，「那就明天去吧。但是，不能再晚了。」

媽媽摟住我，「我們去做今天早上的第一件事。」

希歐多爾又回到了餐桌上。他瞪著媽媽和爸爸，以往他經常這麼做，但是這次好像有些不一樣。媽媽和爸爸吃得很快，兩個人誰也沒再說話，看起來很尷尬。

正像我說的那樣，紐約的一切看起來是那麼大、那麼酷，我拍了很多照片。高樓大廈、大型百貨公司、擁擠的人群……我們午餐吃了有史以來最好吃的漢堡，我還要了一杯奶昔。

我們乘坐渡輪去看自由女神像——一座巨大而美麗的雕像，距離海港的自由島不遠。我拍了更多的照片。上岸時，爸爸被街上的一張舊報紙滑倒了，看上去很滑稽，我們都笑了，爸爸也笑了。媽媽給我們講了她跟爸爸第一次見面時的情景。

「這正是他那時候的樣子，」她笑著說，「笨拙又尷尬。難怪我當時愛上了他。」

一天就這樣過去了，每件事都很輕鬆很有趣，比過去幾個月都輕鬆。

我們去了希歐多爾朋友推薦的餐廳吃晚餐，之後回了旅館。媽媽和爸爸的房間就在我們的隔壁。我們互相擁抱，在門口道了晚安。

「睡個好覺，」爸爸說，「明天吃早飯時見。」

「別忘了丹麥海員教堂。」我說。

「當然不會忘記。」

「我們知道教堂在哪裡嗎？」媽媽說，「我們知道地址，但是……」

「我記得我們房間有張地圖，」我飛快地說，「等一下。」

我急忙跑進去。我確定我看到過一張折疊的地圖，但是在哪裡呢？門在我身後搖晃著，沒有完全關上。我在希歐多爾倒在桌子上的一堆東西裡翻找的時候，聽到其他人在走廊裡說話。他們聲音很低，但是希歐多爾聽起來非常生氣，我聽到他提了我的名字。

「我已經說了一百遍了，但是我覺得你們仍然在做錯事。蘿蓓塔會崩潰的！」

我僵住了——崩潰？

「我要跟你解釋多少次？」爸爸發出噓噓的聲音，「我們不會因為不告訴她夏洛特的事情就變得卑鄙。蘿蓓塔的春天和夏天過得很煎熬，她也需要享受一些歡樂。」

「我知道蘿蓓塔最近很難熬，」希歐多爾說，「我看到了。問題是你怎麼知道——你從不回家。」

「這不公平。」爸爸說，「我……」

「都冷靜冷靜吧，」媽媽打斷了他們的話，「蘿蓓塔可能聽得到我們說話。」

他們都沉默下來。

我幾乎不能呼吸了，胸口痛得很厲害。爸爸的話在我腦海裡迴響，我們不會因為不告訴她夏洛特的事情就變得卑鄙。我的眼睛刺痛——夏洛特發生了什麼事？

我找到地圖想把它拿出來時，雙手已經使不出力氣了。雙手抖得太厲害，根本都無法打開地圖。他們騙了我——所有人——只是為了讓我玩得開心，而夏洛特正在病危，或者已經死去了。

所有的事情立刻都可以解釋了。現在我知道為什麼媽媽爸爸在我們出發去機場前那麼怪異了。他們為什麼不允許我去看夏洛特？她一定是在我前一晚離開後病得更重了。

我不得不深呼吸了幾次。她不能死，至少現在不能，不能在馬上就可以讓地球儀實現我的願望的時候。

我把地圖拿給他們。

「太棒了！」媽媽高興地說著，打開了地圖，「我們來看看。」

「她知道了。」希歐多爾朝我點點頭。

「什麼？」媽媽的聲音聽起來仍然很歡快。

「直說吧！這扇門根本沒有關上。」希歐多爾說道，「看她的臉色就知道了——她已經知道了，她聽到了我們說的話。」

沒人說話了。周圍如此安靜，甚至可以聽到一隻螞蟻在走廊上行走。

爸爸很不安，重心從一隻腳轉向另一隻腳。

我鼓起勇氣問道：「她沒有死，對嗎？」

這時媽媽突然哭了起來，而我只想消失，去一個一切都很好的地方。

「沒有，」爸爸堅定地說，「她沒有死，只是情況很糟糕。救護車把她接走了，如果再不找到一顆新的心臟，她這次應該不能再回家了。」

我鬆了一口氣。我們仍然還有機會，不是嗎？

「我今天和夏洛特的媽媽通了電話，」媽媽說，「她稍微好一點了，但還遠遠不到能夠回家的程度。就像妳爸爸說的，這次她必須住院。」

我慢慢地點點頭，「好的。但她不會在我們回家之前就死去，是嗎？」

媽媽把地圖翻得嘩嘩作響，爸爸盯著地板。

「她不會在我們回家之前就死去，是嗎？」我激動地問道，或者是在大吼。我太害怕了，都不記得我的語氣如何了。

「沒人能保證，蘿蓓塔。」爸爸說，「但現在情況很緊迫——比以往任何時候都更緊迫。但是……當然我們會及時回家的，我保證我們一定會的。」

希歐多爾拉著我的手臂，「來吧，我們進去吧。我們看些電影，吃點巧克力。」

他幫我推開了我們房間的門。

「蘿蓓塔，我很抱歉沒有告訴妳。」媽媽邊說邊試圖給我一個擁抱，「我們只是想在我們出門的這段時間妳能玩得開心點。」

我沒搭理她。我覺得很生氣，但並不是憤怒，主要是很害怕，還很失望。

「明天見。」我說。

我們走進自己的房間，希歐多爾砰的一聲關上了身後的門，他比我更加憤怒。

「對不起，」他說，「他們讓我不要告訴妳。」

「沒事的。」

「妳想看什麼，有很多電影可以選擇。」

我們瀏覽著電視上的電影名單。我記得希歐多爾在爸爸給我買了那些顏料、畫刷和彩色鉛筆時說過的話。

「你真的覺得夏洛特會死嗎？」我問他。

一開始他並沒有回答。

「我不知道，」後來他說道，「我的意思是，奇蹟確實會發生。」

他沒再說話，而我則選擇了一個看起來有趣的電影。

我能聽到汽車在外面按喇叭的聲音，此時此刻，在克利斯蒂安城，夏洛特躺在醫院裡。我想夏洛特和我可能在做同樣的事情，我們都在等待一個奇蹟。

22

我們確實創造了奇蹟。事實上，是很多奇蹟。第一個奇蹟發生在我們去丹麥海員教堂時，我們在隔壁大樓的一個辦公室裡找到了艾斯彭。

「你們終於來了。」他握著我的手說，「讓我給你介紹一下艾娃！」

我們走到一個有著深色長髮的女人跟前，她正坐在一張鋪滿報紙的桌子旁。媽媽、爸爸和希歐多爾像尾巴一樣跟著我。

艾娃就是奇蹟，因為她剛從塔吉克回來，從那裡買了一個大盆栽。

「這是一盆非常不尋常的花，」她

解釋說，「它在其他地方不會生長。」

我對這個花並不感興趣，我只對它生長的土壤有興趣。

「這是真的嗎？」我輕聲問道，「這些土真的來自塔吉克嗎？」

「絕對保證，」艾斯彭說，「取一些妳需要的土吧，之後我們會用堆肥補充上。」

我發誓，我的心臟都快要因為喜悅而炸開了。終於都收集到了！我一直很擔心，我們無法讓許願地球儀發揮作用，那樣夏洛特會死的。現在我什麼都不用擔心了，一切都變得好起來了。

只要我及時回家。

艾斯彭給了我一把勺子和一個塑膠袋。我認為重要的是這些土來自塔吉克，而並不用太多。

我的心怦怦直跳，痛得要命。還有五天，我才能回家。

請保佑，請保佑，讓夏洛特堅持到那時候！我想，我必須及時回到家。

當然，我的父母和希歐多爾都不知道我在做什麼。他們盯著我顫抖的手，看上去很擔心。

「這是跟學校有關嗎，或者……」爸爸開始詢問。

「她告訴過你，這是為夏洛特準備的禮物。」希歐多爾說。

「但那是土，」媽媽說，「誰會希望禮物是土？」

「和妳無關。」希歐多爾厲聲說道。

這一次我很高興，如果不是有位牧師在旁邊，媽媽一定會因為他這樣對自己說話教訓他一頓，事實上她只是怒視著他。希歐多爾聳聳肩。

我一拿到需要的東西，媽媽和爸爸就想離開。

「我很抱歉，我們不能再逗留了。」媽媽對艾斯彭說。

「隨時歡迎你們回來。」

他把我們領到門口。一開始我把袋子放進背包裡，但很快又把它拿了出來。它太珍貴了，我不能把它放在背包裡，那樣的話我看不到它，拿在手裡會更好一點。

「妳打算整天帶著它嗎？」爸爸問。

「是的。」

他翻了翻白眼，但我不在乎——因為這時門開了，有人走了進來，是個只有一隻手臂的人，就像艾里克一樣。

「嗨！」他看見我們時說。

「嗨。」我們回應道。

那人消失在一個房間裡，隨手關上了門。

「為什麼他只有一隻手臂？」我激動地問道。

「奧斯曼遭遇了一場可怕的事故，」艾斯彭解釋道，「他在丹麥當農民時，一輛拖拉機倒在了他身上。」

「哇，太酷了！」希歐多爾睜大眼睛說道。

「哦，希歐多爾，這真的一點都不酷。」媽媽嘆了口氣說。

「我不是說那樣很好，我只是說……」

「謝謝，我完全聽清楚你說了什麼。」

我打斷了他們，「你是什麼意思？一輛拖拉機壓在他身上？不只是拖拉機倒了，是嗎？」

艾斯彭微笑著說：「妳這麼想也可以。有臺特殊的拖拉機放在不平的地面上，沒有人注意到。它翻倒後壓在了奧斯曼身上。某種程度上來說，他很幸運，因為拖拉機只壓住了他一半的身體，醫生說他差點就死了。所以他很高興能把所有的東西都保留下來，除了一隻手臂。」

我慢慢地點點頭，這非常有意義。

「再次感謝你的幫助。」媽媽說，她已經準備好離開了。

「沒關係。」艾斯彭說，他給了我一個擁抱。

「祝妳好運。」他說。

「謝謝，謝謝！」

我不知道自己還能說什麼，感謝聽起來很簡單，但艾斯彭理解它的含意。他又擁抱了我一下，對我耳語道：「我希望一切都會好起來！」

我也希望如此，危險還沒有結束。

我們去了一家人人都講希臘語的餐廳吃午餐。我把裝土的袋子放在桌子上，這樣我就能一直看到它。突然間，媽媽的電話響了，第二個奇蹟發生了——與第一個奇蹟幾乎同時發生。

是艾里克。我把手機放在家裡了，但在離開之前，我給了艾里克我媽媽的電話號碼。

「妳永遠不會相信發生了什麼！」他對著我的耳朵喊道。

「你也不會想到的！」我大聲回應，「我得到了來自塔吉克的土！」

一陣短暫的沉默後，他開始大笑，「我也找到了！太好了……我會在妳回家之前的晚上得到它。」

我簡直無法相信自己的耳朵。幾天前，就是我去紐約那天，艾里克坐公車去了奧胡斯。坐在他旁邊的女孩正在電話聊天，用的是艾里克不懂的語言。艾里克問她來自哪裡，她說她來自塔吉克的首都——杜桑貝。

「聽到她這麼說的時候，我幾乎要暈過去了。」艾里克說，「杜桑貝，就是這樣！所以我問她認不認識什麼人可以幫助我們收集到來自那裡的土或者水，她說可以！她的祖父現在就在那裡。她今天打電話給我——她已經跟她祖父說了，他也已經帶著一些土或者水在回克利斯蒂安城的路上了，他會在妳到家那天的前一天到達這裡！」

這就像一個童話故事，一個真實的、神奇的童話故事。

媽媽瞪著我——國際漫遊很貴的。

「妳覺得呢？」艾里克問道，「我是在收集齊全所有東西時許願，還是等到妳回來？」

「但是南極的水怎麼樣了？」我問他。

家人都盯著我看。

「夠了，蘿蓓塔。」爸爸說。

「我已經拿到了！」艾里克說，「塞巴斯蒂安，那個去南極的人，昨天打電話給我。他回來得比預期的早，他要來克利斯蒂安城拜訪親戚。我們約在車站見面，他把水給了我。」

這真是太好了，簡直不敢相信這是真的，該輪到我們走運了。我擠壓著桌子上的塑膠袋，想著前一天晚上知道的事情——夏洛特快死了，她幾乎沒有時間了。

「不要等我了。」我說，「你盡快許願吧，就這麼做吧！」

我們掛了電話。我幾乎坐不住了，我很想回家，想看看艾里克和夏洛特，我會告訴他們關於艾斯彭和紐約的一切。

「他要許什麼願望？」希歐多爾問道。

「沒什麼特別的。」我說。

「妳有很多祕密啊，蘿蓓塔。」媽媽說。

「不，我沒有。」

我感到非常不安，因為，我確實有一個祕密，你能想到的最好的祕密。如果夏洛特能再堅持幾天，她就會恢復健康。真的，十分健康——永遠健康！

我們所需要的，只是最後一個奇蹟。

23

這奇蹟正在發生，最後一個奇蹟。我覺得難以言說。在我們準備離開紐約的前兩天，媽媽的電話又響了起來。我們剛剛參觀了一個博物館，正站在街上想著去哪裡吃飯。媽媽接起電話的時候走開了，所以我沒有聽到她說了什麼，但是我看到了她的表情：一開始很嚴肅，之後變得高興起來，最後變得非常開心，以至於開心得哭了起來。

看到媽媽一邊哭泣一邊微笑的時候，我想我猜到了。我的心怦怦直跳，我覺得腳好像卡在了地上。

她把電話放回她的包裡，然後向我跑來，「蘿蓓塔，是夏洛特的爸爸打來的，她昨天得到了一顆新的心臟。妳知道嗎，蘿蓓塔，夏洛特有了一顆新的心臟！」

她緊緊地抱著我，我幾乎不能呼吸了，感覺一切都在旋轉。我也哭了出來，哭得停不下來。連爸爸都哭了。希歐多爾跑去買霜淇淋了，他不知道怎麼面對我們的哭泣。

「我覺得自己太蠢了，」媽媽哽咽著說，「我沒想到會發生這種事，我真的沒有想到。」

爸爸輕輕地吻著她的額頭。我坐在樹蔭下的長凳上，人流熙熙攘攘，但我無心注意。我欣喜若狂，整個身體都在顫抖，奇蹟發生了。

在沒有許願地球儀幫助的情況下，真是令人難以置信！或者是我想錯了？也許是艾里克比預期更早地得到了來自塔吉克的土，並許下了願望？這些都不重要了，最主要的是夏洛特會好起來。

希歐多爾給我帶回來一支粉紅色的霜淇淋。

「給妳。」他說道。

「謝謝。」

我已經不記得霜淇淋是什麼味道了，我唯一記得的就是一切都停止了。媽媽和爸爸坐在我旁邊，我們就那樣待在那裡。媽媽一遍又一遍地告訴我們夏洛特的爸爸說了什麼。一個醫生，可能是山姆，一大早就來到了夏洛特的房間，他告訴他們，有一顆對夏洛特來說完美的心臟可以用，非常匹配，醫生都覺得這是個奇蹟。

我喜歡聽這部分，夏洛特不用換一顆衰老的心臟，她獲得了一顆神奇的心臟。

「聽起來好像一切都很順利，」媽媽接著說，「醫生擔心夏洛特承受不了手術，她病了太久，身體太虛弱了。但是沒有其他選擇，她必須更換一顆新的心臟。」

我閉上眼。她幾乎就快要死了，然後他們找到了一顆心臟，在一切還來得及的時候。

我想，我必須給艾里克打個電話，我必須告訴他發生的這一切。

「我能用一下妳的手機嗎？」我問道。

「親愛的，今天給夏洛特打電話還為時過早。」

「我知道。」我說，「我想給艾里克打個電話，我想告訴他關於心臟的事。」

「艾里克？」媽媽說，「但是他不認識夏洛特，不是嗎？」

「不，他知道的。」

這麼說既對又不對。艾里克並沒有真正見過夏洛特，但這不重要，就感覺他好像認識她一樣，而且也許就是他對地球儀許下願望讓她的病情有了轉機。這才是關鍵所在啊！

媽媽遞給我她的電話。

「他們從誰那裡得到的心臟？」希歐多爾問道。

我找到艾里克的電話號碼。

「我真的不知道。」媽媽說，「哦，等等，我知道——夏洛特的心臟來自當晚在醫院去世的另一個孩子。我就知道這些。」

我立即抬頭看向媽媽，「但是妳能確定他們會給她換一個沒有任何問題的心臟嗎？」

「心臟當然不會有問題，」媽媽向我保證道，「他們會檢查心臟的。」

「如果別的孩子沒有生病的話，那怎麼會死呢？」我堅持道。

我已經找到艾里克的號碼了。

「不知道，」媽媽回答道，「我沒有問這個。」

我和希歐多爾互相看了看，嘆了口氣，媽媽總是忘記重要的事情。

我撥通了艾里克的電話號碼，線路裡傳來嗶嗶的聲音，我的手因為出汗而變得很滑。當他聽到發生的事情時，一定會非常吃驚。

但是他沒有聽到發生了什麼，因為他沒有接電話。這很平常，我想，他可能正在做其他的事情。

我在他的語音信箱留了言。

「妳可以晚點再試試。」我把電話還給媽媽的時候，媽媽說道。

希歐多爾踢了踢地上的石頭，「我們現在可以做點什麼嗎？」他說，「難道我們在回家之前都一直坐在這個長凳上嗎？」

我們當然不會那麼做——不，我們要慶祝一下。媽媽和爸爸挑了一家餐館，我們去吃了義大利麵。

「這是我新近最喜歡的菜。」我說。

「我也是。」希歐多爾贊同道。

媽媽和爸爸喝了酒，而希歐多爾和我喝了可樂。

「在我們回家之前，你們還想在紐約做些什麼嗎？」爸爸問。

希歐多爾興奮起來，「我想去看演出，」他說，「有一個叫作『西蒙的朋友』的樂團今晚在這裡演出，但我覺得你們都不會想去的。」

爸爸挑了挑一邊的眉毛，「呃，這你就錯了！」他說。

這是我們整個假期中最好的夜晚，爸爸知道「西蒙的朋友」是誰。他找到了他們演出的地址，我們搭計程車去了那裡。

演出在戶外，就在水邊，我們一直在那兒待到半夜。在回旅館的路上，我在計程車上睡著了。爸爸在我們到達旅館時叫醒了我，我直接上床睡覺了。

我迫不及待地想見到夏洛特還有艾里克，但是最重要的是，我迫不及待地希望一切都好起來，一切都恢復正常。

如果我知道都發生了什麼，要是我能感覺到就好了。

但我沒有，因為我認為所有不好的事情都結束了，沒有比這更可怕的事會發生了。

但是，我錯了。
大錯特錯。

24

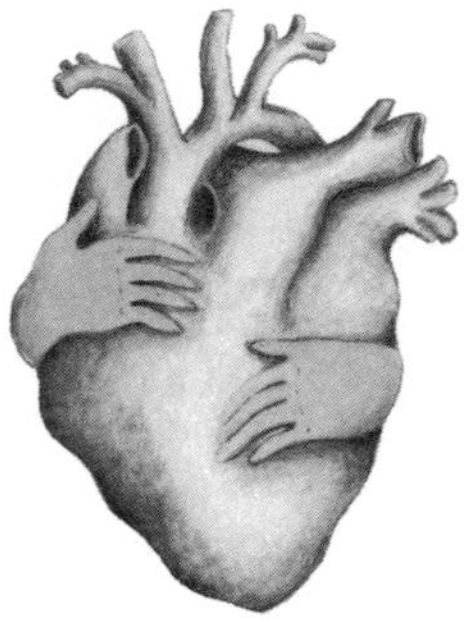

我們在哥本哈根降落時正在下雨。

「我原本期望瑞典的天氣會更好。」爸爸說。

但是並沒有，廣播說全國上下都在下雨。我很高興，因為美國的天氣太熱了。

我一到家就想打電話給夏洛特，媽媽也贊成。夏洛特還在隆德，但她也可能已經康復得可以登月了。

我坐下來打電話時，覺得有點頭暈。我想我也有點害怕，如果夏洛特的新心臟改變了她該怎麼辦？我之前沒有想到過這一點。

她的媽媽接的電話，我太緊張了，幾乎說不出話來。

「蘿蓓塔甜心，很高興能接到妳的電話！」她說。

她聽起來非常開心，我都不記得她上次這樣是什麼時候了。

「美國怎麼樣？」她問道。

「天氣太熱了——請問我能跟夏洛特說話嗎？」

「當然可以。等一下，她來了。」

所以，我可以和夏洛特聊一聊了。她的聲音聽起來也非常開心，並且充滿了活力！

「妳感覺怎麼樣？」我問道。

「太棒了！」

我以為她可能是在說謊，她一定很痛吧？我必須要問問這個。

「手術後醒來時確實很痛苦。」她說，「但現在……我真的感覺很棒。」

我們只聊了幾分鐘，夏洛特就得掛了。在掛斷之前，她想了解一些事情，「妳還記得妳告訴我的那些嗎，關於許願地球儀的事情？」

「是的。」我回答道，深吸了一口氣。我的肚子絞痛，耳邊響起了嗡嗡的聲音。

「妳覺得……我的意思是，我突然間獲得了一顆心臟，妳覺得是不是妳的地球儀……」毫無疑問，她媽媽就站在她旁邊，這可能是她沒有直接問我的原因。

「我不知道。」我說，「如果是地球儀發揮的作用，那就是艾里克許下了願望，我還沒見到他呢。」

「但是妳找到了所有需要的土或者水了嗎？」

我忍不住笑了，「我們都找到了。」

「哇！謝謝！妳是全世界最好的朋友！我回家的時候，我們三個可以見面嗎？我也想對艾里克說聲謝謝。」

我使勁點點頭，「當然！我們三個人會在一起的，但是我要先去看看妳。妳覺得妳什麼時候可以接待訪客？」

夏洛特問了她的媽媽。

「可能週末就可以。」她回答道。

我覺得心裡暖暖的。現在有這麼多好的事情發生，如果我能聯繫上艾里克，我真想告訴他發生了什麼事。夏洛特和我掛斷了電話，我穿上雨靴和雨衣，跑到艾里克家去找他。

他不在家，家裡沒有人在。我按了幾次門鈴，沒人應答。我去看了霍拉蒂奧爺爺。和艾里克不一樣，霍拉蒂奧爺爺在家。我到的時候，他正坐在陽臺上抽菸斗。我不喜歡他抽菸，因為抽菸有害健康。

霍拉蒂奧爺爺一看見我就笑了，很快就把菸斗收了起來。

「哈！」我說，「抓到你了！」

「調皮鬼！」霍拉蒂奧爺爺邊說邊給了我一個大大的擁抱。

「夏洛特得到了一顆新的心臟。」我在他耳邊說。

他放開我，「真的嗎？」

我點了點頭，「真的！他們為她找到了一顆非常合適的心臟。她真是太幸運了，她當時都快死了。」

那可怕的想法根本就不該存在，我決定把它拋開。夏洛特現在感覺好多了，感覺不錯的人是不會死的。

霍拉蒂奧爺爺坐了下來。他看起來有點古怪，看上去並不特別高興，儘管現在一切都好了。我的焦慮感又回來了——他沒有生病吧？

我在他對面坐下。

「我在報紙上看到了。」他聲音嘶啞地說。

「關於夏洛特的新心臟？」我驚訝地問道。

「上面並沒有說出她的名字，但我希望是夏洛特。我想，在克利斯蒂安城，並沒有多少十一歲的女孩在等著一顆新的心臟。」

他沉默了一會兒，那種恐懼感使我的肚子絞痛。有什麼不好的事情發生了，我全身都感受到了。

「妳玩得開心嗎，在美國過得怎麼樣？」霍拉蒂奧爺爺問道。

「那裡很棒。」

我跟他講了關於艾斯彭和塔吉克盆栽的事情——很多事情要說。

「太棒了。」霍拉蒂奧爺爺說。

雖然他的表情看上去很悲傷，但是他的眼睛在閃閃發光。

我肚子的絞痛稍有緩解。

「確實是！」我說，「但是你知道嗎，我覺得是艾里克先收集全了這些東西。我猜想他得到了適當的土，所以代替我許下了願望，這樣可以節省時間。」

我著急得差點咬掉自己的舌頭。霍拉蒂奧爺爺肯定會問起這個願望，以及為什麼這麼緊急，之後他就會想知道我怎麼會允許艾里克使用許願地球儀。

我刷地臉紅了。

「這個願望跟死亡沒有任何關係，」我說，「是……別的事情，一些緊急的事情。我允許艾里克購買了半個地球儀，這樣他就能在我離開的這段時間內許願。」

霍拉蒂奧爺爺沒有說什麼，他移開視線，摸了摸自己的鬍子。我突然間確信，我不想知道他為什麼這麼傷心了。

「我要把那半個地球儀買回來，」我平靜地說，「我錢包裡仍然留著那五十克朗的鈔票。但是艾里克現在不在家，所以……」

霍拉蒂奧爺爺深吸了一口氣，我也沉默了下來。他看起來好像要把自己弄得堅強起來，否則就不可能說出一個字來。

「蘿蓓塔，艾里克死了。」他說話時直視著我的眼睛。

但是我不明白他說了什麼。有些事情太可怕了，你根本聽不下去，這就是其中之一。

「你瘋了！」我說，「艾里克沒有死！我之前跟他通過電話的。之後，我就得到了……」

「他來過這裡，」霍拉蒂奧爺爺說，「他來告訴我，他已經得到了來自南極的水，第二天有人會把塔吉克的土帶給他。他告訴我，一切都準備好了。玻璃罐和許願地球儀在他衣櫃裡的一個盒子裡，他把願望寫在了一張紙上，這樣他就不會弄錯了。但是他沒有來得及許下願望，因為……」

霍拉蒂奧爺爺的聲音破碎了。我以前只看見他哭過一次——在奶奶的喪禮上，但是他現在哭了。

「那天晚上，他和他媽媽騎車出去，」他接著說，「一輛車開了過來，開得太快了。艾里克和他的媽媽都受傷了，他們被救護車送去了醫院，他媽媽幸運地活了下來……但是艾里克在第二天早上去世了。」

當某件事真的非常非常糟糕時，你甚至不願意相信它是真的，而且你會非常憤怒。那一刻，我十分討厭霍拉蒂奧爺爺。

「你在撒謊！」我大聲喊道。

他搖了搖頭，「不，蘿蓓塔，」他平靜地說，「我沒有撒謊。」

他站起來走到桌子旁邊，在我身邊坐下，抱住了我。我哭得很厲害，都快無法呼吸了。我比奶奶去世的時候更加悲傷，因為除了悲傷我還很害怕，完全絕望的恐懼。在內心深處，我沒有辦法相信這件事會發生。我無法相信孩子會死去，完全不敢相信。

「太不公平了。」我抽泣著。

「這是世上最不公平的事情了。」霍拉蒂奧爺爺說。

我蜷伏在他的胸前，哭了至少一個小時。我記得所有在報紙和網上看到過的去世的人。所有的事故去世的、疾病去世的，我不想再在報上讀到壞消息。除非夏洛特需要再找一顆新的心臟，夏洛特或者其他我關心的人。這就是我當時想的。

艾里克的心臟，他不再需要的心臟。

「我想知道艾里克的心臟是不是給了什麼人。」我低聲說。

霍拉蒂奧爺爺撫摸著我的頭髮。

「那也在報紙上，」他慢慢地說，「就在我懷疑那個女孩是夏洛特的同一張報紙上。」

「你在說什麼呀？」

他把手放在我的頭上。

「我是說，那張報紙報導了一個男孩被汽車撞死了，」他說，「也提到了有另一個孩子在醫院裡，一個女孩亟需一顆新的心臟。」

我困惑地抬起頭來，「然後呢……」

我太累了，心煩意亂，腦子亂糟糟的。

霍拉蒂奧爺爺不得不深吸一口氣，「蘿蓓塔，我覺得夏洛特換的是艾里克的心臟。」

他停了下來，久久地看著我，「妳明白了嗎？」

我點了點頭。

但在內心深處，一切都是顛倒的。艾里克再也不在了！再也不在了，怎麼會發生這樣的事情呢？是真的嗎？

「許願地球儀，」我說，「你告訴我，我們不能許下跟死亡相關的願望，所以我們想許願，希望夏洛特有個最棒的九十歲生日。我們做錯了嗎？」

霍拉蒂奧爺爺的眼睛又亮了起來，「不、不，那沒什麼錯。九十歲聽起來是一個不錯的年齡。」

眼淚太多了，我抑制不住地哭泣著。一切都那麼可怕，那麼困難。我緊緊地抱住霍拉蒂奧爺爺。我很害怕，因為他是一個老人——他也有可能會離開我的。

「你想活到多少歲？」我輕聲問道，「你想活多久呢？」

「當然是越久越好。」他說，「或者至少能讓我充分享受生活。妳要記得妳和我一直說的——愛笑的人總是幸運的。我不再笑的那一天，對我而言就是說再見的那一天。」

我閉上眼睛，思考著他說的話。

我希望他還有很多笑聲。

25

艾里克的喪禮在週三舉行。他媽媽不希望任何人穿黑色服裝參加喪禮，所以我選了條粉色的裙子。媽媽和我一起來到教堂，她穿了白褲子和白襯衫。艾里克的父母就坐在前面。我在機場見過艾里克的爸爸，他看起來是如此與眾不同。

我想應該用空洞來形容——他看起來很空洞。

棺材就停放在牧師的後面，我盡力假裝沒了心臟並且只有一隻手臂的艾里克不在裡面。我想起了夏洛特和我談論死亡的時候，我們都很恐懼各種形式的孤獨。我看著艾里克的棺材，覺得他是世界上最孤獨的人。但他不是，因為教堂裡擠滿了想念他的人。

爸爸媽媽已經和夏洛特的父母談過了，霍拉蒂奧爺爺是對的——真的是艾里克給了夏洛特那顆神奇的心臟。是艾里克的，不是別人的。

媽媽告訴我的時候哭了，我也非常沮喪。

「我們難道不該說在艾里克死前我們有機會認識他真是太好了嗎？」媽媽說，「我們難道不該說，他身體的一部分還活著，這是多麼偉大的事情啊？」

是的，我們可以那麼說。但是，我仍然覺得很可怕。我為艾里克的去世感到憤怒，同時也為他不得不為夏洛特提供心臟這件事感到憤怒。

媽媽很擔心我的反應，「妳覺得他會選擇把自己再也用不到的心臟為自己留下嗎？」她說。

「不會。」

他死後，心臟還有什麼用途呢？心臟對於一個生病的人會更有用。我想知道，如果他活下來了會發生什麼。醫生們會為夏洛特找到另外一顆心臟嗎？媽媽和爸爸說，我不應該考慮這件事，但說起來容易做起來難。因為我既想艾里克回來，同時又想留住夏洛特。

「這並不會發生，」希歐多爾說，「所以，就讓它過去吧。」

「我不能。」我說著，淚水又順著臉頰流下來。

他的頭歪向一邊，「好吧，試試這樣吧，」他說，「不用一下子把這一切都放下，一點一點的，讓這些事情慢慢過去吧。」

我嘗試著這樣去做。

媽媽說艾里克的喪禮很美，但是我很難這麼想。我很悲傷，這是我所知道的最可悲的事情。每個人都哭了。從我坐在那個硬皮椅上開始，到我們走出教堂，我一直在哭泣。我哭得太厲害，沒能一起詠唱讚美詩。太陽出來了，陽光從大窗戶照射了進來。這惹惱了我，喪禮的時候應該下雨的。

艾里克的媽媽邀請大家回她的花園喝點咖啡，吃點三明治。

我從沒見過這麼傷心的人，從來沒有。

我想到夏洛特「最害怕的事情清單」的第一條就是，如果她死了的話，她的父母會非常、非常傷心。她不知道自己有多正確，而我不知道如何安慰艾里克的媽媽。

我站在那裡喝果汁時，她向我走過來。媽媽就在不遠處，和一個我不認識的人說話。

「艾里克去世前帶回家一個地球儀，」她說，「他告訴我是妳借給他的，是嗎？」

「是的。」我用微弱的聲音說道。

「在這裡等我一下。」她說完就進屋去了。

她回來的時候，拿著裝著地球儀的箱子。

「這個放在他的衣櫃裡。」她說。

她擦去臉頰上的淚水。我哭得太厲害了，我想自己已經沒有眼淚了。

「謝謝。」我說著接過盒子，把它放在地上，「對不起，」我接著說，「我忘了，我還欠你五十克朗，艾里克用五十克朗購買了一半的地球儀。」

我四處張望一下，「我相信能從媽媽那裡借到，我……」

艾里克的媽媽輕輕撫摸著我的肩膀。

「我不想要什麼錢，」她說，「這個地球儀是妳的了，妳一定要把它收回去。」

我又一次感到喉嚨哽咽。我現在不知道用這個許願地球儀去做什麼，我沒有什麼願望要讓它來幫我實現。

「它不僅僅是我的，」我說，「它也是艾里克的。」

我們都哭了。我顯然是錯了——眼淚從來都不會哭乾的。

艾里克的媽媽說：「歡迎妳以後來看我們。」

「謝謝。」

我不知道自己還能說什麼，如果我太懦弱，或者太傷心，我還會過來嗎？

我想知道她是否願意見見夏洛特。

媽媽曾經說過，去隆德拜訪夏洛特時，我絕對不能提及艾里克。這是不可能的——我直接告訴了她。她最開始感到很不安，她爸媽並沒有告訴她誰給了她一顆新的心臟。她覺得這是她聽過的最糟糕的事情，艾里克死了，卻救了她。後來我告訴她霍拉蒂奧爺爺說過的話：艾里克並不是為了救夏洛特而死的，艾里克是因為出車禍了才去世的，這跟夏洛特沒有一點關係。

「妳只要記住，他死去的時候，還做了一件好事，」霍拉蒂奧爺爺說，「這好歹是一些安慰。」

我也決定這麼想。

艾里克已經去世了，但是他的心臟還在夏洛特的身體裡跳動。它強有力地跳動著，真的很神奇。

26

日子一天天過去，好幾個星期轉瞬即逝，夏洛特終於可以出院回家了。大家都驚訝於她能恢復得這麼好。霍拉蒂奧爺爺說她身上有一種光彩，我覺得他說得很對，夏洛特比以往任何時候都健康。我爸媽也提醒我說，獲得了一顆新的心臟是一件很重要的事情。

「目前一切都很好，」媽媽說，「我們都希望能如此維持下去，但是身體很難接受一顆新的心臟，我們還需要觀察夏洛特這十年內的情形。」

十年。

她知道那是多麼長的一段時間嗎？我拒絕考慮在十年或一百年內發生可怕事情的可能性。目前一切都很好，我們還有很多事要做。

夏洛特和我重新列了一份我們想要拜訪的地方名單。

「南極！」她堅定地說，「我們需要盡快去那裡。」

「還有塔吉克。」我同樣堅定地說道。

「當然。」

陽光和餘熱還未散盡，媽媽和爸爸從工作中抽出了更多的時間，這樣我們就能經常去奧胡斯游泳了。希歐多爾也一起來了。

「你們很快就要開學了，」有一天爸爸說道，「你們有什麼想法？」

「悲慘。」希歐多爾說，「一切都會恢復正常——無聊的學校，你們兩個永遠不在家。」

媽媽和爸爸交換了一下眼神，他們看起來很擔心。

「不是那樣的。」媽媽說。

「是，就是會那樣。」希歐多爾說。

「是的，確實如此。」我回應道。

「我們會盡量減少工作時間的。」爸爸說。

「好吧。」希歐多爾說。

「你們至少可以給我們一次機會吧？」媽媽說。

希歐多爾和我都沒有回答。

我很想念艾里克，頻繁地思念著他。雖然我們只認識了幾個月，但我很喜歡他。有時候我會突然間悲傷不已，抑制不住地開始哭泣，不管是正在畫畫還是正在吃晚飯。

「會好起來的。」爸爸說。

確實如此。但是，並不是所有事情都好轉了。我仍然害怕死亡，夏洛特也是如此。我告訴她艾斯彭和我曾經談過的那些——地獄，還有其他的東西。夏洛特和我一致認為，這一切都很好，但我們仍然害怕。因為死亡是如此糟糕的事情，它來去無常，就像艾里克騎自行車出去的時候，沒有人會在騎自行車出去的時候想到自己會死去。

「妳必須停止這樣的想法，」媽媽說，「沒有人能一直面對死亡的恐懼，那是不可能的。」

但我就是忍不住。我夢見死亡，我也避免騎著自行車出門。最後我想起了自己該做些什麼——我要寄電郵給一個非常特別的人。一個我只見過一次的人，一個差點死去的人。在紐約那個只有一隻手臂的人，那個被拖拉機壓在下面的人。

艾斯彭給過我他的電子郵件信箱，那天我寫了一封信給他。我問了兩個問題，我問他是否感到意外；如果你知道將會發生什麼，你會選擇提前知道嗎？

他在幾個小時後回答了我。他寫道，收到信是一個巨大的驚喜，他絕對不希望提前知道事故的發生。

我認為他是對的。我告訴夏洛特的時候，她也這樣認為。

「我覺得跟一直活在恐懼中相比，可能驚嚇更好一點。」我說。

夏洛特點了點頭說：「當然。」

我們坐在她家的花園裡，天氣溫暖而晴朗。下週我們就要回學校了，我們都要去。

這時我的電話響了。

「我是蘿蓓塔。」

「是蘿蓓塔·尼爾森嗎？」一個女人的聲音問。

「是的。」

「恭喜妳！妳贏得了博物館的藝術比賽！」

起初我一句話也沒說，我幾乎忘記了這場比賽，我覺得嚇了一跳，而不是感到高興。

「謝謝！」我說。

夏洛特進屋去拿東西。

「還有誰贏了嗎？」我飛快地問道。

「還有一個叫拉斯馬斯的男孩。他人很好，你們會在斯德哥爾摩玩得很開心的！」

我站起來，「不可能的！」我說，「如果沒有夏洛特，我不會去的。」

然後，我掛掉了電話。

一分鐘後，夏洛特再次出現。

「怎麼回事？」她問道。

我不安地動了動，「沒事。」

「哦，說吧，我可以看出來一定發生了什麼事情。」

我嘆了口氣。為什麼總是有問題？

「我贏得了藝術比賽，但是……妳沒有。」

然後我意識到我該做什麼了，「我很抱歉！」我說，「許願地球儀！

我應該許下我們兩個都可以贏的願望！我的願望還沒許呢！」

令我驚訝的是，夏洛特大笑起來。

「我當然不會贏！」她說，「我的畫很糟糕！許願是一件很有意義的事情，不要把它浪費在這種事情上。」

「但是我已經幫妳完成作品了。」我說。

我記得作品是什麼樣子，老實說，並不是太出色。

「所以，接下來有什麼安排呢？」夏洛特問道，「妳什麼時候出發？」

我低頭看著地面。

「我把電話掛了。」我說。

「掛了，妳瘋了嗎？趕快給他們打回去！」

我照她說的做了。我回了電話，並向他們道了歉。然後我們跑到我家，告訴爸爸媽媽發生了什麼事——我要去斯德哥爾摩了。我要去見國王和王后了。

爸爸很高興，他把我抱起來，轉來轉去。

媽媽站在那裡鼓掌，她一定說了一百次的「恭喜」。

「所以，妳畫了什麼？」希歐多爾問道。

大家都安靜下來，聽著。

「我畫了我們在拍賣會的時候，」我說著看了一眼夏洛特，「妳、我還有艾里克，還有許願地球儀。」

眼淚又來了。想到艾里克，我還是很傷心。夏洛特看起來也不大高興。

「這幅畫聽起來很棒。」爸爸說。

「很棒。」媽媽贊同。

「我還以為它會跟克利斯蒂安城有關呢。」希歐多爾打著哈欠說。

又是他的一貫作風。

「我在背景裡畫了水塔，」我解釋道，「所以看起來就像拍賣會是在蒂沃利公園舉行的。」

媽媽打開了她的行事曆。我擦乾了眼淚，想來艾里克的媽媽哭的頻率會更高吧，可能每一天都會哭泣。我向自己保證，我一定會盡快去看她。事實上，我第二天就去了。

「妳什麼時候出發去斯德哥爾摩？」媽媽說，「我很樂意去。」

「去見國王和王后。」爸爸笑著說。

「我不覺得你們能到宮殿去，」我說，「只有我才能見到國王和王后。我們將在九月的第一個週末去。」

我們就是這樣做的：爸爸媽媽和我飛到斯德哥爾摩，而希歐多爾和霍拉蒂奧爺爺待在一起。許願地球儀仍然放在那個箱子裡，也許我會用我的願望，也許不會，即使它現在還有效——我們收集到土和水的時間也已經過去很久了。

「賣掉它吧，」霍拉蒂奧爺爺建議道，「把這個機會留給其他人吧。

妳最偉大的願望已經實現了。」

我答應會考慮這個建議的，但首先我要去斯德哥爾摩，我等不及了！我的畫會在宮殿的牆上展出幾個星期，當我把它拿回來的時候，我會把它送給艾里克的媽媽。

飛機起飛時，我顫抖了起來。我很害怕，緊緊地抓著媽媽的手。但隨後我放棄了，因為我做了一個決定——死神可以為所欲為，就我個人而言，我要去見國王和王后是最重要的。如果死亡在這個時候來臨，我會感到很驚訝，但僅此而已。

我的心情歸於平靜，就好像從沒有想過死亡一樣。

小說精選

許願地球儀

2021年1月初版
定價：新臺幣300元
有著作權・翻印必究
Printed in Taiwan.

著者	Kristina Ohlsson
譯者	張玉亮
叢書編輯	黃榮慶
校對	施亞蒨
繪圖	張梓鈞
內文排版	極翔企業
封面設計	烏石設計

出版者	聯經出版事業股份有限公司
地址	新北市汐止區大同路一段369號1樓
叢書編輯電話	(02)86925588轉5307
台北聯經書房	台北市新生南路三段94號
電話	(02)23620308
台中分公司	台中市北區崇德路一段198號
暨門市電話	(04)22312023
台中電子信箱	e-mail：linking2@ms42.hinet.net
郵政劃撥	帳戶第0100559-3號
郵撥電話	(02)23620308
印刷者	世和印製企業有限公司
總經銷	聯合發行股份有限公司
發行所	新北市新店區寶橋路235巷6弄6號2樓
電話	(02)29178022

副總編輯	陳逸華
總編輯	涂豐恩
總經理	陳芝宇
社長	羅國俊
發行人	林載爵

行政院新聞局出版事業登記證局版臺業字第0130號

本書如有缺頁，破損，倒裝請寄回台北聯經書房更換。 ISBN 978-957-08-5675-0 (平裝)
聯經網址： www.linkingbooks.com.tw
電子信箱：linking@udngroup.com

Det magiska hjärtat

Copyright © 2016 by Kristina Ohlsson
Published by agreement with Salomonsson Agency AB, through The Grayhawk Agency
Complex Chinese edition © 2021, Linking Publishing Co., Ltd.
All rights reserved.

國家圖書館出版品預行編目資料

許願地球儀/Kristina Ohlsson著．張玉亮譯．初版．新北市．
聯經．2021年1月．240面．14.8×21公分（小說精選）
譯自：Det magiska hjärtar
ISBN 978-957-08-5675-0（平裝）

881.359 109020176